epubli

Über den Roman

In einem Kasseler Hotel wird eine Studentin tot aufgefunden. Ohne den geringsten Hinweis auf den Täter tappt die Polizei jedoch völlig im Dunkeln.
Zur gleichen Zeit bekommt der frischgebackene Uni-Absolvent David Wächter eine Chance als Praktikant bei der Tageszeitung HNA. Zusammen mit seinem Mentor Klaus Borowski gerät er immer tiefer in den Strudel einer politischen Verschwörung, die bis in die höchsten Kreise reicht.
Wurde die junge Frau tatsächlich ermordet, um einen der größten Skandale in der Geschichte des Landes zu vertuschen?

Verpressung ist der Auftakt der Roman-Reihe „Dunkle Stadt“ mit den Kasseler Journalisten David Wächter und Klaus Borowski.

Über den Autor

Daniel Wehnhardt wurde 1984 in Fürstenhagen geboren. 2003 legte er das Abitur in Kassel ab und sammelte nach dem Zivildienst erste Berufserfahrungen als Polizist und Headhunter. 2016 schloss er das Lehramtsstudium in Kassel für die Fächer Spanisch und Politikwissenschaft ab. In seiner Freizeit widmet er sich der Literatur und den asiatischen Kampfkünsten. Zu seinen bisherigen Veröffentlichungen zählen diverse Erzählungen in Anthologien und Literaturzeitschriften.

Daniel Wehnhardt

VERPRESSUNG

Roman

Impressum

Texte:	© Daniel Wehnhardt
Cover-Foto:	© Copyright Max Streichardt
Verlag:	Daniel Wehnhardt Reginastraße 2 34119 Kassel daniel.wehnhardt@gmx.net
Druck:	epubli ein Service der neopubli GmbH, Berlin

Printed in Germany

Bibliografische Information der Deutschen Nationalbibliothek

Die Deutsche Nationalbibliothek verzeichnet diese Publikation in der Deutschen Nationalbibliografie; detaillierte bibliografische Daten sind im Internet über http://dnb.d-nb.de abrufbar.

Dieses Buch ist ein Roman.
Handlungen und Personen sind fiktiv.
Ähnlichkeiten mit lebenden oder verstorbenen Personen sind
nicht gewollt und rein zufällig.

„*Wo Politik ist oder Ökonomie, da ist keine Moral*."
(Friedrich von Schlegel)

PROLOG

Sonntag, 11. August 2013, kurz vor Mitternacht

Als er die Bilder sah, ahnte er, dass sie ihn für den Rest seines Lebens verfolgen würden.

Dabei hatte zunächst alles wie immer angefangen: Eine Viertelstunde lang hatte sich die junge Frau vor dem Fenster herumgetrieben, bis die Luft rein gewesen war. Dann betrat sie das Hotel und kam zu ihm an die Rezeption. Wieder trug sie ein Tuch um ihren Kopf gewickelt, sodass blonde Strähnen an der Seite herausguckten, und eine Sonnenbrille, obwohl es Nacht war. Deniz erinnerte sich aber vor allem immer an sie, weil sie für eine Frau ziemlich groß war, und wegen ihrer unendlich langen Beine.

Wie jedes Mal wollte sie verhandeln. Doch Deniz ließ nicht mit sich reden. Zähneknirschend knallte sie ihm das Geld auf den Tresen: Hundert für das Zimmer, und noch mal zwanzig dafür, dass er sich an ihre Abmachung hielt.

»Wie immer«, sagte sie. Deniz wusste, was das hieß: Er würde einen falschen Namen in das Journal eintragen und keinen Blick auf den Mann werfen, der vor der Tür wartete, bis alles geregelt war. Aber vor allem würde er keine Fragen stellen. Er nahm das Geld und reichte ihr den Schlüssel über den Tresen. Dann verschwand sie ohne ein weiteres Wort im Treppenhaus.

Deniz lächelte zufrieden. Er verließ die Rezeption und ging durch den Frühstücksraum nach hinten in die Küche. Heute Nacht würde der Rubel endlich mal wieder so richtig für ihn rollen!

Vor zwei Monaten hatte er die Funkkamera in dem Doppelzimmer installiert. Schweinemäßig viel Kohle hatte er im Internet für sie hingeblättert, aber er war überzeugt, dass sich diese Investition mehr als auszahlen würde. Besonders die Videos mit dem Langbein waren bisher der Renner unter seinen Kommilitonen gewesen, und viele von ihnen warteten schon sehnsüchtig auf Nachschub wie Junkies auf ihren Stoff.

Nachdem Deniz sich ein paar Brote geschmiert und eine Cola aus dem Kühlschrank genommen hatte, ging er wieder zurück und verkroch sich in dem Raum hinter der Rezeption. Dort, wo er sich die Nächte mit Actionfilmen um die Ohren schlug.

Er stellte alles auf dem Schreibtisch ab und holte sein Tablet aus der Tasche. Auf ihm konnte er mitverfolgen, was die Kamera gerade aufzeichnete. Das hatte ihm schon so manche Schicht verkürzt. Inzwischen war auch genug Zeit vergangen, und so rechnete er damit, dass es oben bereits ordentlich zur Sache ging. Er schaltete das Gerät ein, startete das Aufnahmeprogramm und nahm sich etwas von seinem Teller.

Als Deniz die Übertragung auf dem Bildschirm sah, blieb ihm das Brot im Hals stecken. Er wollte schreien, aber aus seinem Mund kam nur ein leises Röcheln. Als ob er sich an einem glühend heißen Gegenstand verbrannt hätte, ließ er das Tablet zu Boden fallen.

Im echten Leben hatte er so etwas noch nie gesehen.

TEIL EINS

Das Herz schlägt links

1

David stand vor der Geschäftsstelle der HNA und blinzelte in die Sonne.

Seit Wochen hatte er sich nun schon bei der Tageszeitung beworben. Mehr als ein Dutzend E-Mails von der Sekretärin des Chefredakteurs, die immer gleich geklungen hatten, war bisher jedoch nicht dabei herausgesprungen: Herr Decker sei sehr beschäftigt und habe keine Zeit für ein Gespräch. Doch damit wollte David sich nicht abspeisen lassen.

Er betrat das Gebäude durch den Haupteingang. Der Mann an der Pforte nahm den Blick nur widerwillig von seiner Autozeitschrift und schickte David in den dritten Stock, wo sich die Lokalredaktion befand.

Als hätte er auf einer Fernbedienung den falschen Knopf gedrückt, löste sich das Begrüßungslächeln der Sekretärin schlagartig in Luft auf, nachdem er ihr seinen Namen genannt hatte. Sie rollte mit den Augen, zupfte ihr Sommerkleid zurecht und führte ihn durchs Treppenhaus eine Etage höher. Dort klopfte sie an die Bürotür des Chefredakteurs, sprach kurz mit ihrem Vorgesetzten und ließ dann die beiden Männer allein.

»Eines muss ich Ihnen ja lassen, Herr Wächter...« Ulrich Decker saß an seinem Schreibtisch und hatte die Hände hinter den Kopf gelegt. »Sie sind echt mal einer von der hartnäckigen Sorte. Sooft ruft ja sonst nicht mal meine Frau bei mir an.« Er zeigte auf zwei freie Stühle. »Die Kollegen haben schon gedacht, ich hätte 'ne Affäre.«

»Nun, irgendwie muss man ja auf sich aufmerksam machen«, konterte David.

Zum ersten Mal hatte er den Chefredakteur vor ein paar

Monaten auf einer Podiumsdiskussion an der Uni gesehen. Seitdem wusste er, dass Ulrich Decker immer ein lockerer Spruch auf den Lippen lag. Wie damals sah er mit seiner schlanken Figur, den grauen, kurz rasierten Haaren und seiner schnittigen Brille auch diesmal ausgesprochen fit aus. Das Jackett, das er über seiner Jeans und einem Hemd trug, bei dem die oberen zwei Knöpfe geöffnet waren, unterstrich sein sportlich-legeres Flair. Ein Mann, der Dynamik versprühte wie ein Leichtathlet beim Hürdenlauf.

»Ist Ihnen gelungen«, sagte Decker. »Meine Sekretärin war so genervt, dass sie mich angefleht hat, Ihnen endlich einen Termin zu geben.« Er griff nach der Bewerbungsmappe, die vor ihm auf dem Schreibtisch lag, und blätterte in ihr herum. »Nach dem Abitur Zivildienst. Dann Politik- und Soziologie-Studium an der Uni Kassel. Masterabschluss mit Auszeichnung. Während des Studiums ein paar Artikel für die Uni-Zeitung.«

Decker legte die Mappe zurück auf den Schreibtisch, lehnte sich nach hinten und faltete wieder die Hände hinter seinem Kopf.

»Ich könnte mir allerdings vorstellen, dass ihre Beiträge nicht so wirklich gut angekommen sind. Wer schreibt, als würde er zwei Schritte links von Karl Marx stehen?«

»Nun, das ist doch unsere Aufgabe«, antwortete David. »Uns Journalisten, meine ich. Den Finger in die Wunde legen?«

Decker nickte und drehte sich zum Fenster. Eine Weile schaute er stumm nach draußen, während er mit seinem Bürostuhl wippte.

Natürlich wusste David, auf welche Artikel der Chefredakteur sich bezog. Damals hatte er einen üblen Verriss über die Uni und den Präsidenten geschrieben. Schon seit Jahren ließ man tausende Studenten mehr zu, als man überhaupt Kapazitäten besaß. Das Ergebnis waren überfüllte Hörsäle, enge Teilnehmerbegrenzungen und sogar körperliche Auseinandersetzungen zwischen Studenten gewesen, die sich um Seminarplätze prügelten. Viele von Davids Kommilitonen, die damals auch für die *publik* geschrieben hatten, waren dagegen gewesen, den Artikel zu veröffentlichen. Sie hatten befürchtet, dass sie sich damit den wichtigsten Mann der Uni zum Feind machten.

David interessierte das alles nicht. Dafür wollte er ja schließlich Journalist werden: Um die Wahrheit hinter den Dingen aufzudecken. Um über die Missstände in der Welt zu schreiben, wem auch immer er dabei auf den Schlips trat. Opportunisten, die sich wie Fähnchen im Wind drehten, gab es schon mehr als genug.

»Ist nicht gerade der beste Zeitpunkt, sich bei uns um 'nen Job zu bewerben«, sagte Decker, nachdem er eine Zeit lang geschwiegen hatte.

Doch als hätte er währenddessen nur seine Energien gesammelt, setzte er nun zu einem Monolog über den Status Quo seiner Zeitung an. Je länger David allerdings dabei zuhörte, desto mehr fühlte er sich wie ein Schiffbrüchiger, der zu einem sinkenden Schiff *hin* schwamm.

»Die neuen Medien machen uns schwer zu schaffen. Allen voran das Internet. Gucken Sie sich doch mal die anderen Tageszeitungen an: Die haben mit denselben Problemen zu kämpfen wie wir.« Decker zeichnete eine nach unten stürzende Linie in die Luft. »Seit Jahren gehen die Verkaufszahlen zurück. Heutzutage nehmen doch nur noch Hinterwäldler echtes Papier in die Hand.« Während er weiter aus dem Fenster sah, schüttelte er kaum sichtbar den Kopf. »Keine Frage, Mumm in den Knochen haben Sie. Wahrscheinlich sogar mehr als jeder andere hier in dem Laden. Leider sind Sie aber auch eine große Wundertüte.«

Das hört sich aber gar nicht gut für mich an!, dachte David. Um den Chefredakteur von sich zu überzeugen, musste er sich also schleunigst etwas einfallen lassen. Sowohl seiner Abschlussnote, als auch seiner Liebeserklärung an den kritischen Journalismus war das jedenfalls nicht gelungen.

»Wissen Sie, mein Vater hat immer gesagt: Wenn es im Leben etwas gibt, das man kann, dann liegt es nur an einem selbst, was man daraus macht.«

Decker drehte sich herum. Als habe er nach seinem Abgesang auf die Printmedien plötzlich ein schwaches Licht am Ende eines Tunnels gesehen, fing er nun an, zögerlich zu nicken.

»Und wenn ich etwas kann, dann ist es Schreiben«, behauptete David weiter. »Geben Sie mir eine Chance, und ich werde der beste Redakteur, den sie jemals eingestellt haben!

Michael, Davids Vater, hatte das wirklich immer wieder zu ihm und seinen Geschwistern gesagt. Meistens beim Abendbrot, der einzigen Zeit, die ihnen als Familie unter der Woche geblieben war. Denn seit David denken konnte, plackerten sich seine Eltern ab wie die Irren, um über die Runden zu kommen. Doch egal wie lange sein Vater auch gearbeitet hatte, nie war er zu müde gewesen sie zu ermutigen, an sich zu glauben und etwas aus dem Leben zu machen. Vielleicht, weil es ihm selbst nie so wirklich gelungen war.

»Weiser Mann, Ihr Vater«, sagte Decker. Sein Nicken war jetzt deutlich energischer geworden. »Okay, was soll's!

Dann beweisen Sie mir mal, dass Sie nicht nur flotte Sprüche aufm Kasten haben.«

David strahlte über das ganze Gesicht. Er reichte dem Chefredakteur seine Hand über den Schreibtisch.

»Sie werden es nicht bereuen!«

Decker winkte ab. »Sie kriegen vier Wochen. Morgen fangen Sie als Praktikant in der Lokalredaktion an. Kohle gibt's natürlich erst mal keine.«

Mit kräftigem Druck schüttelte er Davids Hand und führte ihn nach draußen auf den Flur.

»Ach, und noch was: Sie kriegen 'nen Mentor. Er wird Ihnen auf die Finger gucken und mir sagen, ob Sie was taugen.«

Auf seinem Gesicht breitete sich ein hämisches Grinsen aus.

»Ich denke, Sie sind wie füreinander geschaffen!« Er tippte sich mehrmals an der Stelle auf die Brust, an der auf Davids Parka ein Che-Guevara-Button steckte. »Es gibt 'ne Menge Dinge, die Bolle gegen den Strich gehen. Vor allem fleischloses Essen, und…Na ja, das werden Sie ja dann bald selbst herausfinden.«

Klaus Borowski beugte sich zur Seite und sah an seinen Bildschirmen vorbei zur Tür. Während er den Neuen musterte, ließ er einen Kuli durch seine Finger wandern.

Dieser Spargeltarzan sah aus, als würde er beim nächsten Windstoß zusammenbrechen wie dieses Kunstwerk letztes Jahr auf der documenta. Er war nur etwas über einssiebzig groß und hatte dunkle Bombenleger-Haare, die er zu einem Dutt zusammensteckte. Dazu trug er ausgewaschene Jeans, ein schlichtes T-Shirt, das über seine Schultern labberte, darüber einen olivfarbenen Parka und erkennbar in die Jahre gekommene Turnschuhe. Trotz seiner markanten Gesichtszüge hatte er etwas Weibliches an sich, sodass er insgesamt den Eindruck machte, als würde ein Buch bei ihm immer Vorrang vor sportlichen Aktivitäten bekommen.

Als Borowskis Blick schließlich auf den Che-Guevara-Button fiel, warf er Dieter Naumann einen Blick zu, als wäre vor seinen Augen gerade ein Vulkan ausgebrochen.

»Ihr wollt mich verscheißern?«

Der Leiter der Kasseler Lokalredaktion schüttelte den Kopf und winkte den Schmalhans zu sich.

»Der junge Mann hat sogar schon ein paar Artikel für die Uni-Zeitung geschrieben.«

Während der Neue das Büro durchquerte, beobachtete Borowski jeden seiner Schritte genau. Als er an dem Schreibtisch angekommen war, stellte David sich mit vollem Namen vor. Da Borowski jedoch nur stumm die Arme verschränkte, zog er seine Hand nach ein paar Sekunden irritiert wieder zurück und vergrub sie in der Hosentasche. Naumann machte ein Gesicht, als hätte er in eine Zitrone gebissen, und wuschelte sich verlegen durch die Haare.

»Und wie lange soll ich unserem kleinen Mao hier das Fläschchen geben?«, fragte Borowski.

»Ach, Klaus, jetzt gib ihm doch erst mal eine —«

»Wie lange?«

Naumann ließ den Kopf hängen.

»Fürs Erste einen Monat.«

Borowski wäre ihm am liebsten an die Gurgel gesprungen.

»Sag mal, was raucht der da oben eigentlich?«

»Flachse meint, er soll an Thomas' Platz sitzen.«

»Pf, das wird ja immer besser!«

Borowski musterte den Neuen ein zweites Mal. Doch auch jetzt sah er immer noch wie ein flachbrüstiger Bücherhengst aus.

»Wenn du dich beschweren willst, geh bitte zum Flachse!«, sagte Naumann. Dann nickte er in die Richtung des freien Bürostuhls am Tisch gegenüber und zwinkerte David zu. »Viel Spaß, euch beiden!«, wünschte er und verdrückte sich an seinen Arbeitsplatz.

Daraufhin sah sich der Neue zunächst eine Zeit lang um. Als er sich einen ersten Eindruck von allem gemacht hatte, setzte er sich an den Schreibtisch, an dem er die nächsten Wochen arbeiten sollte.

Womit hatte Borowski das nur verdient? Diesen Möchtegern-Che-Guevara, der ihm wahrscheinlich mit seinem *Mein Freund, der Baum*-Gequatsche die nächsten vier Wochen gehörig auf die Nerven gehen würde. Dabei wollte er doch einfach nur in Ruhe seine Arbeit machen.

Aber das sah dem Flachse mal wieder ähnlich! Dieser Schweinehund nutzte einfach jede Gelegenheit, ihm einen reinzuwürgen. Denn solange Borowski Praktikanten wie Furunkel am Hintern klebten, konnte er sich seine Pläne, als Redakteur endlich aufzusteigen, in die Haare schmieren. Wenigstens - und das war wirklich das einzig Positive an der Sache - hatte Flachse ihm keinen Ausländer ans Bein gebunden. Eine Rote Socke war allerdings auch nicht viel besser.

»Woran schreiben Sie gerade?«, fragte David. »Über den Flughafen? Oder die Schließung der Stadtteilbibliotheken?«

Als Borowski das Leuchten in den Augen des Neuen sah,

gab er ein tiefes Brummen von sich. Wahrscheinlich hatte er einfach nur ein Gespräch in Gang bringen wollen. Doch während andere das sympathisch fanden, hatte Borowski dafür in etwa so viel übrig wie Katholiken für die Homo-Ehe. Um sich abzureagieren, fing er an, auf seiner Tastatur herumzuhämmern. Das war schon immer die beste Medizin gewesen.

»Jetzt spitz mal deine roten Ohren«, sagte er schließlich und beugte sich wieder an seinen Bildschirmen vorbei. »Wir sind hier nicht das Sprachrohr deines Fidel-Castro-Vereins. Revolución gibt's hier nicht, comprende?«

David verzog das Gesicht. Ruckartig wich er zurück, als hätte einer der Klitschko-Brüder ihm soeben eine volle Breitseite verpasst.

Doch als er sich bereits kurz darauf schon wieder nach vorn beugte, stand Naumann plötzlich am Nachbartisch auf und kreiste wild mit einem Arm über dem Kopf.

»Redaktionskonferenz, Leute! Alle in den Konferenzraum!«

Er spürte den Vibrationsalarm des Handys und kramte es vorsichtig aus seiner Hosentasche. Normalerweise stellte er das Gerät aus, bevor er in eine Sitzung ging, oder ließ es einfach nur lautlos klingeln, wenn er einen Anruf bekam. Als er jedoch einen Blick auf das Display wagte und die Nummer erkannte, ging er unter den irritierten Blicken der anderen nach draußen auf den Flur.

»Was willst du?«

Stille.

Dann ein leises Schluchzen. Die Stimme am anderen

Ende zitterte.

»Ich...ich hab's gerade in der Zeitung gelesen.«

Er ließ einen Augenblick verstreichen, während er sich seine Worte zurechtlegte.

»Ich wollte nicht, dass es so weit kommt.«

»Hast du's getan?«

Von draußen konnte er ein Klatschen hören: Die Sitzung war beendet worden. Er würde also nicht mehr lange allein sein. Auf keinen Fall durften sie mitbekommen, mit wem er telefonierte.

»Ich will nichts mehr damit zu tun haben«, sagte sie. »Ich will raus, sofort!«

Nur mit Mühe konnte er seinen Zorn unterdrücken.

Dann schwangen plötzlich die Flügeltüren auf, und Männer in dunklen Anzügen strömten aus dem Sitzungsraum auf den Flur.

»Hör zu, ich komme später zu dir«, sagte er. »Dann besprechen wir das. In der Zwischenzeit rate ich dir, nichts Unüberlegtes zu tun.«

Er drehte sich zur Wand und hielt seine Hand vor das Mikrofon.

»Und vergiss nicht: Du steckst da genauso tief drin wie wir alle!«

Der Konferenzraum war zweckmäßig eingerichtet. Er bot gerade genug Platz für einen Tisch mit Stühlen, einen Rollwagen, auf dem sich ein Röhrenfernseher aus der Steinzeit befand, und einen Overheadprojektor, der mindestens seit ebendieser Steinzeit nicht mehr benutzt worden war. Die Wände waren kahl, und durch die wenigen Fenster drang nur spärliches Licht in den Raum.

Endlich bekam David nun zum ersten Mal alle Redakteure des Lokalteils zu Gesicht: Die Aufteilung - zwölf Männer und vier Frauen - wäre wohl für jede Frauenrechtsgruppe ein gefundenes Fressen gewesen. Während zwei jüngere Redakteure offensichtlich gerade erst an der Dreißig kratzten, schätzte David die anderen auf zwischen fünfzig und sechzig Jahre.

Besonders war ihm Dieter Naumann aufgefallen. Zum einen, weil der Ressortleiter sogar noch kleiner war als er selbst, und zum anderen, weil die knallbunten Turnschuhe, die er trug, so gar nicht zu seinem karierten Hemd und der Cordhose passten. Sie ließen ihn wie einen dieser alternden Männer aussehen, die verzweifelt auf jung machten. Naumanns asketische Erscheinung wusste David sich allerdings nicht so recht zu erklären.

Doch bis auf diesen Stinkstiefel erschienen ihm eigentlich alle ganz sympathisch. Borowski hingegen hatte ihn dafür schon bei ihrem ersten Aufeinandertreffen abgestoßen, und David beschlich das Gefühl, dass das auf Gegenseitigkeit beruhte. Das Holzfällerhemd, in das der Stinkstiefel seinen Bauch quetschte, hatte dabei etwas von einem Korsett: Als würde man versuchen, einen aufgeblasenen Luftballon abzubinden. Außerdem hatten ihm seine Haare bereits großflächig auf Wiedersehen gesagt, und so war ihm wohl nichts anderes übrig geblieben, als die kümmerlichen Reste an den Seiten auch noch wegzurasieren. Seine rote Nase leuchtete wie ein Signalfeuer, und zusammen mit dem aufgedunsenen Gesicht komplettierte sie das Bild eines spießbürgerlichen Trinkers. Das Einzige, das ihm wenigstens einen Hauch Freundlichkeit verlieh, waren seine unterschiedlichen Augenfarben.

Nachdem alle einen Platz gefunden hatten, begann Naumann schließlich mit der Blattschau der aktuellen Ausgabe. Im Großen und Ganzen war er zufrieden und bemängelte nur hier und da ein paar Kleinigkeiten.

David blätterte mit, während die Redakteure den Lokalteil durchgingen. Auf Seite drei stieß er auf das Foto einer jungen Frau, das halbseitig eine ganze Spalte einnahm. Daneben ein Artikel mit der Überschrift: STUDENTIN TOT IN HOTEL GEFUNDEN. POLIZEI RATLOS.

David sah sich das Foto genauer an. Es zeigte das Gesicht einer Frau, die er auf Anfang zwanzig schätzte. Lange hellblonde Haare wellten locker über ihre Schultern. Sie hatte einen breiten Mund und schmale Lippen. Dort, wo eigentlich ihre Augenbrauen sein sollten, waren nur dünne schwarze Striche zu sehen. Ihre eisblauen Augen erzählten die Geschichte einer ehrgeizigen und zugleich verbitterten jungen Frau.

Dann überflog David auch den dazugehörigen Artikel: Es war noch nicht viel, was man über den Tod von Olja Kozlova wusste. Den Leichnam der zweiundzwanzigjährigen WiWi-Studentin hatte man in der Nacht von Sonntag auf Montag blutüberströmt auf dem Bett eines Zimmers im Hotel *Deutscher Hof* gefunden. Laut dem Polizeisprecher deuteten die Hinweise darauf hin, dass Olja zunächst gewürgt und schließlich mit einem stumpfen Gegenstand brutal erschlagen worden war. Dennoch wusste man bisher weder, warum sie in dem Hotel gewesen war, noch mit wem. Der Nachtportier hatte ausgesagt, dass sie allein gewesen sei und ihm nichts von einer Begleitung gesagt habe. Der Täter war zwar auf einigen Überwachungskameras zu sehen, hatte sich aber mit einer Mütze vermummt und blieb deshalb unerkannt. Insgesamt tappten die Ermittlungsbehörden demnach noch in ziemlich dichtem Nebel.

Weil David sich so in den Artikel vertieft hatte, bemerkte er erst jetzt, dass die Redakteure inzwischen schon die Ausgabe des nächsten Tages besprachen. Naumann erkundigte sich nach dem Stand der Dinge: Einer der Jüngeren plante einen Beitrag über die Eröffnung eines Bordells in der Leuschnerstraße, das den Namen *Villa Kassel* tragen sollte und gegen das die Anwohner wild protestierten. Eine andere Redakteurin wollte einen Artikel über die umstrittene Wunderheilermesse *Spirit of Health* im Kongresspalais schreiben. Mit ihren pinkfarbenen Haaren, die aussahen, als würde sie zur Morgenroutine in eine Steckdose fassen, wäre sie dort wohl auch ganz gut aufgehoben.

»Was ist mit der PK im Regierungspräsidium?«, fragte Naumann in Borowskis Richtung.

Monsieur Griesgram hatte bisher nur das Allernötigste gesagt.

»Ich fahr da gleich hin«, zischte er durch die Zähne.

»Nimmste den Neuen mit?«

Mit einem Mal herrschte Totenstille. Alle Redakteure machten die drei Affen: nichts sehen, nichts hören, nichts sagen, und starrten auf einen Punkt an der Wand.

»Auf keinen Fall!«, motzte Borowski weiter. »Das ist 'n paar Nummern zu groß für ihn.«

»Nun, da hab ich ja wohl auch noch 'n Wörtchen mitzureden«, schaltete David sich ein.

Der Stinkstiefel warf Naumann einen Blick zu, der sogar die Sonne hätte gefrieren lassen. Er schleuderte seinen Kuli gegen die Wand und sprang von seinem Stuhl auf.

»Nimm deinen Welpen an die Leine!«, schimpfte er, während er aus dem Raum polterte. »Sonst beiße ich ihn!«

Nachdem Borowski sich die Autoschlüssel geschnappt hatte und aus dem Gebäude geschnauft war, ging David zurück zu seinem Schreibtisch.

Was fiel diesem Spießer eigentlich ein, so mit ihm zu reden? Er hatte ja schon viel erlebt, aber ein derart bissiger Sarkasmus war ihm bisher noch nie untergekommen. Wenn die anderen Redakteure diesem Stinkstiefel nicht die Stirn boten, bitte sehr, das war ihre Entscheidung. Aber David würde sich das nicht bieten lassen. Während ihrer ersten Unterhaltung war er noch schockiert gewesen, weil er mit einer solchen Feindseligkeit nicht gerechnet hatte. Doch inzwischen hatte er sich davon erholt. Wenn Borowski ihn auf dieser Ebene herausforderte, musste er sich warm anziehen!

Nach der Redaktionskonferenz machte David sich erst mal in Ruhe mit allem vertraut. Das Büro sah so aus, wie er es sich immer vorgestellt hatte: Ein großer Raum mit vielen Tischen, an denen sich je drei Redakteure schräg gegenüber saßen. Überall hörte man Unterhaltungen, Telefonate und Selbstgespräche, die sich zu einem Summen vermischten und wie ein Bienenschwarm klangen, der durch den Raum flog. Wirklich überrascht hatte David nur der Flatscreen, der im Eingangsbereich hing, und der anzeigte, wie viele Leser gerade im Internet auf die aktuellen Nachrichten zugriffen. So viel High-End hatte er der HNA gar nicht zugetraut!

Dann setzte er sich an den Computer. Er drückte den Netzschalter und wartete, bis der PC hochgefahren war. Als Windows nach einem Passwort verlangte, schaute er auf jedem Fetzen Papier nach, der auf dem Schreibtisch herumflog. Wo versteckten die meisten Menschen wohl ihr Passwort?

David erinnerte sich an seinen Vater, der nach wie vor einen Zettel unter die Tastatur klebte. Dabei hatte er ihm schon so oft gesagt, dass das so ziemlich das schlechteste Versteck überhaupt war. Aber so waren Menschen, die ohne Computer aufwuchsen, nun mal.

Er schmunzelte und hob die Tastatur hoch.

Bingo!

Oder auch nicht. Zwar klebte wie erhofft ein Notizzettel unter der Tastatur, aber...waren elf Ziffern nicht etwas zu lang für ein Passwort?

David gab sie mehrere Mal ein. Doch bei jedem Versuch blinkte nur immer wieder die gleiche Fehlermeldung auf.

Oder waren diese Zahlen etwa…?

Er griff zum Telefon und wählte die Nummer an.

Es klingelte und klingelte. Nach einer halben Minute hatte immer noch niemand abgenommen.

Dann, kurz bevor er wieder auflegen wollte, meldete sich plötzlich die Mailbox. David wartete bis zum Piep.

Als er den Namen hörte, dauerte es nur wenige Sekunden, bis er verstand. Er warf den Hörer von sich, als würde der eine ansteckende Krankheit übertragen, und sprang so schnell auf, dass er dabei mit seinem Stuhl nach hinten stürzte.

Was zum Teufel hatte *das* nur zu bedeuten?

2

Borowski trat aufs Gas und jagte den Passat mit siebzig Sachen den Weinberg hoch. An seinem Fenster rauschten die Neue Galerie, das CineStar-Kino und das Gebäude der Staatsanwaltschaft vorbei.

Viele Leute in der Stadt konnten die Entscheidung des Regierungspräsidiums schon seit Wochen nicht mehr erwarten: Auf der heutigen Pressekonferenz sollte endlich verkündet werden, ob die Genehmigung für den Kasseler Dax-Konzern *WerraSalz* noch einmal verlängert würde. Da die für das Verfahren zuständigen Dezernate in Bad Hersfeld ansässig waren, hatte die Pressekonferenz zunächst dort stattfinden sollen. Wie Borowski jedoch am Vorabend von Naumann erfahren hatte, war sie aus bisher unbekannten Gründen nach Kassel verlegt worden.

Im Steinweg angekommen, stellte Borowski den Wagen auf dem Besucherparkplatz ab und trabte den kurzen Weg zum Haupteingang des Regierungspräsidiums. Der Mann an der Pforte nuschelte gelangweilt in seinen Bart und erklärte ihm den Weg zum Überbau im ersten Stock.

Obwohl Borowski schon oft in dem neunstöckigen Bürotempel ein und aus gegangen war, bekam er den Großen Saal, in dem die Pressekonferenz stattfand, zum ersten Mal zu Gesicht: Der Raum war viel größer, als er ihn erwartet hatte. Durch eine lange Fensterfront flutete Licht in den Saal, und vom Balkon blickte man auf die Orangerie, deren in die Jahre gekommene Fassade schemenhaft durch die Bäume schimmerte. Im vorderen Teil des Saals standen mehrere Tische mit Mikrofonen sowie ein Rednerpult aus hellem Holz.

Da Borowski keine Namensschilder entdeckte, suchte er sich den nächstbesten freien Platz. Er erkannte einige Kollegen vom Radio und vom Fernsehen. Als sie ihn sahen, machten manche von ihnen jedoch ein Gesicht, als hätte ihr Zahnarzt gerade mit einer Wurzelbehandlung gedroht.

Nach dem offiziellen Beginn der Sitzung, kam als Erster der Pressesprecher des Regierungspräsidiums ans Mikrofon. Helmut Krüger stellte sich vor und entschuldigte anschließend das Fehlen der beiden zuständigen Dezernatsleiter, die aus dienstlichen Gründen verhindert seien.

Dann kam Dr. Gustav Rosenberg, der Regierungspräsident, nach vorn. Er baute sich hinter dem Rednerpult auf, breitete seine Notizen aus und stützte sich auf das Pult. Borowski hätte ihn fast nicht wiedererkannt: Rosenbergs Haut, die jegliche Spannkraft verloren hatte, hing schlapp herunter wie die Ohren eines Bernhardiners. Unter seinen Augen zeichneten sich tiefschwarze Ringe ab.

Das erste Mal hatte Borowski mit ihm zu tun gehabt, als Rosenberg vor einigen Jahren noch als Abgeordneter für die CDU im Landtag tätig gewesen war. Wie damals trug er auch heute immer noch eine Anstecknadel mit dem Hessischen Landeswappen an seinem Jackett. Dass sein Schnauzer inzwischen so modern war wie ein Telefon mit Wahlscheibe, schien ihm nicht bewusst zu sein. Außerdem hatte er seit seiner Zeit als Abgeordneter weder abgenommen, noch sich eine neue Frisur zugelegt: So baumelte nach wie vor ein ausgeprägtes Doppelkinn vor seinem Hals herum, und wie damals trug er seine Haare auch heute noch in einem streng zur Seite gekämmten Scheitel.

»Wir haben zu dieser Pressekonferenz eingeladen, um Sie über die Verlängerung der Genehmigung für das Unternehmen WerraSalz zu informieren«, sagte Rosenberg, nachdem er sich vorgestellt hatte. »Das Regierungspräsidium hat entschieden, die Versenkung der Kalilauge bis zum Jahr 2015 weiterhin zu gestatten. Gleichzeitig fordern wir WerraSalz auf, die Menge bis dahin auf achtzehn Millionen Kubikmeter zu begrenzen.«

Was dieses Thema anging, war Borowski noch nie ein Experte gewesen. Normalerweise wäre die Pressekonferenz auch eher ein Job für Thomas gewesen, der sich tief in die Materie eingelesen hatte. Trotzdem war ihm die Tragweite dessen, was der Regierungspräsident verkündet hatte, einigermaßen klar.

Was er über WerraSalz wusste, hatte sein Kollege ihm erklärt: Das Unternehmen war der weltweit drittgrößte Produzent von Kalisalzen. Diese wurden vor allem zu Spezial- und Massendüngemittel verarbeitet und spielten daher für die Agrarwirtschaft eine wichtige Rolle. Borowski hatte erstaunt durch die Zähne gepfiffen, als er erfuhr, dass das Unternehmen zuletzt vier Milliarden Euro Jahresumsatz machte. Weltweit arbeiteten aktuell fünfzehntausend Mitarbeiter für WerraSalz, davon zehntausend in Deutschland und allein viertausend in der Region.

Außerdem hatte Thomas ihm mal bei einem Bier erklärt, was es mit dieser *Versenkung* eigentlich auf sich hatte. Ganz genau verstand Borowski es jedoch bis heute nicht. Er wusste nur, dass beim Abbau der Kalisalze feste und flüssige Abfälle entstanden. Um beide zu entsorgen, haldete das Unternehmen die festen Abfälle auf und versenkte die flüssigen, die Kalilauge, in irgendwelche Gesteinsschichten.

»Des Weiteren fordern wir WerraSalz auf, für die Zeit nach 2015 eine tragfähige Lösung zu erarbeiten«, setzte Rosenberg seine Rede fort. »Die Unternehmensführung wird angehalten, eine nachhaltige Entsorgungsmöglichkeit zu entwickeln.«

Jetzt eröffnete Helmut Krüger die Fragerunde. In der Reihenfolge ihrer Meldungen übergab er den Journalisten das Wort.

Ein Redakteur vom Hessischen Rundfunk fragte, was es denn mit diesem *Maßnahmenpaket* auf sich habe, das WerraSalz für die nächsten Jahre angekündigt hatte, und ob das schon ein Teil der geforderten Lösung sei.

»Das ist nur bedingt der Fall«, antwortete Krüger und rückte seine Brille zurecht. Der Regierungspräsident warf ihm einen zittrigen Blick zu. »Es handelt sich hierbei um ein Bündel von Maßnahmen für das Verbundwerk Werra, die zu einer Reduzierung der Salzabwassermenge führen sollen. Zum Beispiel durch den Neubau einer ESTA- und die Errichtung einer Eindampfanlage, aber auch mithilfe von anderen Erweiterungen an verschiedenen Standorten.«

Dann meldete sich eine junge Frau zu Wort, die sich als Redakteurin der Werra-Rundschau vorstellte.

»Von was für einer Reduktion sprechen wir hier?«, fragte sie. »Wie groß wird die ausfallen?«

Krüger schaute zu Rosenberg, der sich immer noch auf das Pult stützte. Der Pressesprecher sah aus wie ein Fußballspieler, der seinen Trainer anflehte, endlich ausgewechselt zu werden.

»Wir gehen davon aus, dass WerraSalz die genannten Mengen mithilfe des Maßnahmenpakets einhalten wird«, antwortete der Regierungspräsident. »Trotzdem fordern wir das Unternehmen auf, für die Zeit nach 2015 eine andere Entsorgungsmöglichkeit zu entwickeln.«

Das klang selbst für Borowski nach einem auswendig gelernten Spruch.

»Wenn ich vorhin richtig verstanden habe«, hakte die junge Redakteurin nach. »Dann sprechen wir hier von achtzehn Millionen Kubikmetern Salzlauge?« Die beiden Männer schauten sie mit großen Augen an. »Ich weiß ja nicht, wie es Ihnen geht, meine Herren, aber für mich klingt das nach 'ner Menge Holz!«

»Sie können ganz beruhigt sein«, antwortete Rosenberg, wobei seine Stimme alles andere als beruhigend klang. »Wir wissen, was wir tun.«

Damit war die Konferenz beendet. Während einige nun ihre Mikrofone zückten, um einen O-Ton vom Regierungspräsidenten oder wenigstens vom Pressesprecher aufzuzeichnen, kramte Borowski sein Handy aus der Tasche. Als er auf das Display sah, verzog er irritiert das Gesicht. Er hatte eine SMS von einer unbekannten Nummer erhalten.

Bitte kommen sie nach der Konferenz sofort in die Redaktion! Sie werden nicht glauben, was ich gefunden habe. David Wächter.

Borowski fluchte so laut, dass alle im Raum sich zu ihm herumdrehten.

Dieser verdammte Revoluzzer!, dachte er.

Der Stinkstiefel kam wie ein Räumungskommando in die Redaktion gestürmt. Er wollte sofort wissen, wer ohne seine Erlaubnis seine Handynummer herausgegeben hatte, und warf dabei den Kollegen einen Blick zu, als hätte er sie am liebsten auf der Stelle ausgepeitscht.

Noch bevor Borowski zurückgekommen war, hatte David

überlegt, ob er ihm von dem Zettel erzählen würde. Schließlich hatte er keinen blassen Schimmer, was das alles bedeuten sollte. Vielleicht war der Stinkstiefel ja der Einzige, der dieses Rätsel aufklären konnte? Also war David zum Schreibtisch eines jungen Redakteurs gegangen, der Jonas hieß, und hatte ihn um Borowskis Handynummer gebeten. Da das Handy jedoch ausgeschaltet war, hatte David seinem Mentor nur eine SMS geschrieben.

Jetzt, eine Stunde später, preschte Borowski wie ein tollwütiger Hund auf seinen Schreibtisch zu. David sprang auf, ging ihm entgegen und wedelte mit dem Zettel vor seinem Gesicht herum. Als er ihm verriet, wem die Telefonnummer gehörte, wich der Zorn in Borowskis Augen einem großen Fragezeichen.

»Woher willst du wissen, dass es wirklich *ihre* Nummer ist?«, fragte er.

»Von der Mailbox«, antwortete David. »Da hat sie ihren Namen draufgesprochen.«

Der Stinkstiefel riss ihm den Zettel aus der Hand, setzte sich an seinen Schreibtisch und starrte auf die Nummer. Den anderen Redakteuren stand die Erleichterung, dass das Auge des Hurrikans noch einmal an ihnen vorübergezogen war, auf die Stirn geschrieben.

David beobachtete seinen Mentor aufmerksam. Stellte Borowski sich gerade dieselbe Frage, die auch ihm im Kopf herumschwirrte? *Warum* hatte unter der Tastatur von Borowskis Kollegen die Handynummer von Olja Kozlova, der toten Studentin aus dem Hotel, geklebt?

»Ich weiß nicht«, setzte David an. »Ob Sie Ihren Kollegen hier nur schützen wollen, oder —«

»Jetzt mal langsam, Mao«, unterbrach ihn Borowski.

»Thomas hat sich nur für 'n paar Tage beurlauben lassen.«

»Keine schlechte Entscheidung, wenn man sich die Schlagzeilen so anguckt.«

Der Stinkstiefel nahm einen Kuli vom Tisch und ließ ihn durch seine Finger wandern.

»Den Zettel muss jemand da hingeklebt haben.«

»Ach so. Alles nur 'ne große Verschwörung, oder wie?«

»Haste 'ne bessere Idee, Prinzessin?«

David setzte sich nun ebenfalls wieder an den Schreibtisch und sah Borowski in die Augen.

»Haben Sie schon mal darüber nachgedacht, dass ihr Kollege vielleicht etwas mit dem Mord zu tun haben könnte?«

Bei dieser Frage fiel Borowski der Kuli aus der Hand. Heißer Atem schoss aus seiner Nase und verbrannte die dünne Luft zwischen ihnen in Sekundenschnelle.

»Weißt du eigentlich, was du da sagst?«, schnaubte er.

»Es gibt nur einen Weg, das herauszufinden«, antwortete David. »Wir müssen ihn fragen.«

»Wir?«

»Na, Sie und ich.«

»Die Mao-Bibel hat dir wohl völlig das Hirn verbrannt!« Borowski tippte sich mehrmals schnell hintereinander an die Stirn. »Lieber nehme ich 'nen Moslem mit in 'ne Bibelgruppe!« Er beugte sich zur Seite und sah zu der großen Wanduhr über der Eingangstür: Es war kurz vor halb zwölf. »Sag dem Haxe, er soll dir was zu tun geben. Bis zur Nachmittagskonferenz bin ich wieder da.«

»Wem?«

»Naumann.«

»Wieso dann Haxe?«

Doch Borowski antwortete nicht. Wortlos erhob er sich

von seinem Bürostuhl und ließ den Zettel mit der Telefonnummer in seiner Hosentasche verschwinden.

»Du bleibst solange hier und hältst die Füße still, kapisch?«

»Ich könnte doch schon mal zur Adresse der Toten fahren und gucken, was ich so herauskriege?«

»Red ich Suaheli? Solange wir nicht wissen, was das alles zu bedeuten hat, bleibst du hier!«

Mit schnellen Schritten jagte der Stinkstiefel zum Ausgang und zog so kräftig an der Tür, als ob er sie aus den Angeln reißen wollte.

Während er über den Parkplatz trottete, kam Borowski sich seltsam vor. Er war doch erst vor ein paar Minuten ausgestiegen, und jetzt saß er schon wieder im Auto. Bevor er jedoch den Motor anließ, schaute er noch einmal auf sein Handy. Er hatte schon wieder eine SMS bekommen. Diesmal jedoch von *ihr*.

Hast du Zeit vorbeizukommen?

Er lächelte und drückte auf löschen. So, wie er es immer mit ihren Nachrichten tat. Demnach würde er also doch erst später zu Thomas fahren.

Während er anschließend das HNA-Gelände verließ und in die Frankfurter Straße bog, erinnerte er sich an den Anruf seines Kollegen, der sich vor ein paar Tagen in der Redaktion gemeldet hatte. Er wolle einfach mal ausspannen, hatte Thomas gesagt. Dass er allerdings nicht mal wusste, ob er zum nächsten Spiel des KSV kommen würde, war für Borowski ein eindeutiges Zeichen gewesen, dass etwas nicht stimmte. Denn wie er besaß auch sein Kollege eine Dauerkarte, und wenn man Thomas mal an einem Sonntag nicht im Auestadion begegnete, war er entweder tot, oder es war spielfrei.

Zu sagen, dass sie Freunde waren, wäre übertrieben gewesen. Aber durch ihre wöchentlichen Besuche der Haupttribüne, den einen oder anderen Grillabend mit ihren Familien, und die Tatsache, dass sie mittlerweile seit über zehn Jahren zusammenarbeiteten, hatten sie sich doch ziemlich gut kennengelernt. Thomas war immer der Einzige in der Redaktion gewesen, den Borowski nicht für einen unfähigen Tastenprügler gehalten hatte - und auch der Einzige, der es überhaupt länger als fünf Minuten mit ihm aushielt.

Natürlich hätte Thomas es problemlos verheimlichen können, wenn er wirklich etwas mit Olja Kozlova zu schaffen gehabt hatte. Vorstellen konnte Borowski es sich trotzdem nicht. Doch in einem Punkt musste er David, diesem Radikalinski, Recht geben: Zu einem merkwürdigen Zeitpunkt kam die Auszeit seines Kollegen allemal.

Zum Glück waren die Ampelgötter an diesem Vormittag in bester Laune, und so konnte Borowski das DEZ und die Häuser der Frankfurter Straße schnell hinter sich lassen. Nach dem Hotel Gude bog er in die Wartekuppe ab.

Als hätte er die Grenze zu einer anderen Welt überfahren, reihte sich nun ein gutbürgerliches Wohnhaus an das nächste. Gebäude, die einander ähnlich sahen wie Zwillinge: Cremeweiße Anstriche, gepflegte Vorgärten, und Garagen, vor der Familienautos parkten. Eine Idylle, wie Borowski sie sonst nur von zu Hause kannte.

Nach ein paar hundert Metern, vorbei am Friedhof, bog er in den Ernteweg und stellte den Passat an der rechten Straßenseite ab. Während er ausstieg, sah er sich nervös zu allen Seiten um. Über einen schmalen Fußweg betrat er das Grundstück des Mehrfamilienhauses.

Doch auch nach mehrmaligem Klingeln regte sich nichts. Als Borowski schon wieder zu seinem Auto zurückgehen wollte, knisterte es plötzlich in der Gegensprechanlage.

Endlich meldete sich die Frauenstimme, auf die er sich so gefreut hatte.

Irgendetwas musste er einfach tun! Wer war dieser Stinkstiefel überhaupt, dass er ihm etwas befehlen konnte?

David wollte mehr über Olja Kozlova in Erfahrung bringen. Nach erfolglosen Versuchen auf der Internetseite des Telefonbuchs sowie beim Einwohnermeldeamt, probierte er sein Glück beim Studienservice der Uni Kassel. Mit jedem schmeichelnden Wort, mit dem er die Telefonistin umgarnte, schmolz ihre anfängliche Ablehnung schneller dahin als Eis in der Sonne. Die Adresse dürfe sie ihm nicht verraten, sagte sie. Aber wenn er zum Studentenwohnheim in der Kohlenstraße führe, würde ihm dort ganz bestimmt jemand weiterhelfen.

Nachdem David aufgelegt hatte, schoss ihm plötzlich eine Erinnerung in den Kopf: Hatte einer seiner Kommilitonen, der damals auf dem Campus am Holländischen Platz gewohnt hatte, nicht mal etwas von einem Wohnheimbetreuer erzählt? Er brauchte nur wenige Klicks auf der Homepage des Studentenwerks, um die Handynummer des Tutors für das Wohnheim in der Kohlenstraße herauszufinden. Ein kurzer Anruf genügte, und schon hatte er einen Besichtigungstermin. David packte einen Block, einen Kuli sowie die aktuelle HNA mit Oljas Foto ein und fuhr mit dem Fahrstuhl nach unten ins Foyer.

Vor der Tür wurde er von einem wolkenlosen Himmel empfangen. Mit seiner verspiegelten Pilotenbrille rüstete er sich gegen die Sonne und bog in die Frankfurter Straße. Am Kinderkrankenhaus Park Schönfeld vorbei, ging er Richtung Auestadion, stieg dort in den Bus und fuhr nach Wehlheiden. An der Haltestelle Pettenkoferstraße stieg er aus und überquerte die Straße.

Nun türmte sich ein neun Stockwerke hoher, dunkelgrauer und heruntergekommener Plattenbau vor ihm auf. Am Hauseingang wartete bereits ein junger, schlaksiger Typ mit lockigen Haaren auf ihn, der eine Collegejacke, eine Basecap und Converse-Chucks trug: Das musste Tim Frantzen, der Wohnheimtutor, sein. David streckte ihm eine Hand entgegen.

»Willkommen in der Black Box!«, sagte Frantzen, der mit amerikanischen Akzent sprach, während er lässig seinen Schlüsselbund um einen Finger kreisen ließ.

Er wohne selbst erst seit kurzem hier im Wohnheim, erzählte er. Vor vier Monaten war er für ein Praktikum nach Deutschland gekommen und wollte auch nur noch bis Oktober bleiben. Geboren und aufgewachsen war er jedoch in Texas. Deutsch hatte er bei seiner Mutter gelernt. Es war die klassische Story: Sie hatte in Frankfurt einen Amerikaner kennengelernt und war nach der Hochzeit mit ihm in die Staaten gezogen.

Durch das Treppenhaus brachte Frantzen sie in den zweiten Stock. Der Flur, auf dem sich die Zimmer, Duschen und Toiletten befanden, war etwa vierzig Meter lang und hatte einen fleckigen PVC-Boden. Die nackten Wände erinnerten David irgendwie an ein Krankenhaus, und die einzigen Anzeichen, dass hier tatsächlich jemand lebte, waren Wäscheständer vor den Zimmertüren. Zum Abschuss zeigte Frantzen ihm noch die Gemeinschaftsküche.

»It's okay here«, sagte er. »'n bisschen unpersönlich vielleicht. Dafür super cheap!«

Während er sprach, überlegte David, welchen Köder er dem Tutor wohl hinwerfen könnte. Aber hatte er Olja denn überhaupt gekannt?

»Ist ruhig hier, oder?«, fragte David.

Frantzen nickte. »Meistens ist…wie sagt man? Tote Hose. Nur ab und zu mal 'ne Party in der Küche.«

David grinste verschwörerisch. »Und was ist mit Frauen?«

Plötzlich nahm der Tutor seine Basecap vom Kopf und drehte sie hin und her. Mit einem Mal fing sein eingemeißeltes Grinsen an zu bröckeln.

»Wir sind alle noch etwas schockiert, weißt du? Wegen dem, was vorgestern passiert ist.«

David beugte sich nach vorn. »Was ist denn...*passiert*?«

Frantzen seufzte, während er seine Kappe von allen Seiten begutachtete. Immer wieder wusch er sich mit einer Hand durchs Gesicht.

»Das Mädchen aus 403…«, stotterte er. »Sie ist…ermordet worden.«

Treffer!, dachte David. Trotzdem gab er sich große Mühe überrascht auszusehen, und ließ dafür demonstrativ seinen Mund offen stehen.

»Ermordet?«, wiederholte er. »Krass!«

Frantzen nickte zaghaft. Als David sah, dass dem Tutor eine Träne an seiner Wange herunterlief, die er mit dem Handrücken wegwischte, war ihm auf einmal alles klar: Hatten Olja und Frantzen etwas am Laufen gehabt? Waren sie vielleicht sogar ein Paar gewesen?

Doch als er zu der Frage ansetzte, wie gut sie sich denn gekannt hätten, stand Frantzen unverhofft auf.

»Ich hab 'ne presentation morgen«, entschuldigte er sich. »Wenn du dich noch weiter umgucken willst: Feel free.«

Er wandte sich ab und ließ David allein in der Küche zurück.

Nachdem Borowski sich vergewissert hatte, dass er von niemanden gesehen worden war, setzte er sich beruhigt in seinen Passat. Er nutzte die Parkplätze am Ende der Sackgasse zum Wenden und machte sich auf den Weg durch die Stadt.

Vorbei am Regierungspräsidium und der Kreuzung am Altmarkt, folgte er der Ihringshäuser Straße, die ihn am Ufer der Fulda entlang bis zur Universität führte. Hinter dem Campus bog er schließlich in die Holländische Straße ab.

Borowski hasste diese Straße. Immer, wenn er hier entlang fuhr, wollte er es so schnell wie möglich hinter sich bringen. Denn mit ihrer Mischung aus Second-Hand-Shops, kleinen türkischen Supermärkten und heruntergekommenen Backsteinhäusern, war diese Straße für ihn seit jeher so etwas wie der Inbegriff des Niedergangs. Wo war denn der Aufschwung, von dem die Politiker immer faselten? Hier jedenfalls nicht. Hier gab es nur Arbeitslose, Studenten und Ausländer. Das war keine Straße, sondern eine Zündschnur! Es war nur eine Frage der Zeit, bis die Multi-Kulti-Bombe hochgehen würde.

In Vellmar angekommen, bog Borowski in die Adalbert-Stifter-Straße ab und parkte vor dem Hörstudio Becker.

Dann wechselte er die Straßenseite und näherte sich dem Haus mit dem Flachdach und dem verblichenen Anstrich. Unter dem mit Efeu bewachsenen Torbogen ging er zur Tür. Irritiert registrierte er die heruntergelassenen Rollladen vor den Fenstern. Hätte er vielleicht besser vorher anrufen sollen?

Doch zu seiner Überraschung machte ihm Raquel, die Tochter seines Kollegen, schon nach dem ersten Klingeln die Tür auf.

»Ist dein Vater zu Hause?«, fragte Borowski.

»Sitzt auf der Terrasse«, antwortete Raquel, und sah an ihm vorbei, als ob sie etwas suchte. »Wo ist denn Anna? Ich wollte ihr doch mal mein neues Kleid zeigen.«

Borowski streichelte über ihr dunkelbraunes Haar.

»Das nächste Mal kommt sie bestimmt mit. Versprochen!«

Raquel lächelte besänftigt und führte ihn durchs Wohnzimmer auf die Terrasse.

Thomas saß da wie ein Schluck Wasser in der Kurve. Sein Kopf hing tief zwischen den Schultern, vor ihm stand eine halbvolle Flasche Bier, und in dem Aschenbecher kokelte eine verwaiste Zigarette unbeachtet vor sich hin.

Als Borowski ihn begrüßte, schreckte sein Kollege hoch, als wäre er aus einem tiefen Schlaf gerissen worden. Er bot etwas zu trinken an, verschwand dann für einen Moment in der Küche und kam mit zwei Flaschen San Miguel zurück. Gemeinsam stießen sie an.

Thomas setzte sich vor die Holzwand, die die Terrasse vor unerwünschten Blicken schützte. Während er erzählte, wanderte seine Hand zu der Zigarette. Da sie jedoch nichts mehr hergab, steckte er sich kurzerhand eine neue an, trank einen Schluck und schaute danach stumm auf den Rasen.

Borowski machte sich wieder bewusst, warum er hierher gekommen war. Er wollte nicht um den heißen Brei herumreden. Deshalb kramte er den Zettel mit der Handynummer heraus und legte ihn auf den Tisch.

»Ich bin da auf etwas gestoßen…« Thomas zuckte zusammen, als hätte ihm jemand einen Knüppel über den Kopf gezogen. »Wieso hast du die Nummer von dem Mädchen?«

Sein Kollege nahm den Zettel in die Hand und starrte ihn sekundenlang an. Dann seufzte er und zog so lange an seiner Zigarette, als wollte er sie mit nur einem Mal bis zum Filter rauchen.

»Ich hab die letzten Monate an einem Artikel gearbeitet«, fing er an zu erzählen. »Enthüllungskram. 'n richtig heißes Ding.«

Borowski legte seine Stirn in Falten. »Davon hab ich nichts gewusst.«

»Hab's ja auch keinem erzählt. Wollte das Ganze nicht gefährden, verstehst du?«

Bestimmt machte Thomas nur wieder viel Lärm um nichts. Es wäre nicht das erste Mal gewesen. Denn richtig *heiße Sachen*, wie er behauptet hatte, passierten in diesem Dorf mit Straßenbahn nun mal einfach nicht.

»Worüber wolltest du schreiben?«, fragte Borowski.

Thomas nahm einen letzten Zug und drückte seine Zigarette halbherzig in dem Aschenbecher aus.

»Über junge Frauen und Männer, die Sexarbeit leisten, um sich damit ihr Studium zu finanzieren.«

»Sexarbeit?« Borowski blieb das Wort beinahe im Hals stecken. »Was meinst du mit Sexarbeit?«

»Die ganze Palette«, antwortete Thomas. »Strippen, Escortservice, Prostitution.«

Damit hatte Borowski beim besten Willen nicht gerechnet. Das war in der Tat ein heißes Thema - und außerdem eines, das bisher in der Öffentlichkeit so gut wie keine Beachtung fand.

Aber was genau wollte sein Kollege damit eigentlich andeuten? Was hatte das alles mit Olja Kozlova zu tun? Wenn Borowski eins und eins zusammenzählte, konnte das ja nur bedeuten, dass...

Auf seine Frage starrte Thomas eine Zeit lang stumm zum Himmel.

Dann fing er an, langsam zu nicken.

3

Ein Blick in ihr Gesicht kam David wie eine Reise in die Vergangenheit vor.

War er jetzt verrückt geworden? Bildete er sich das etwa alles nur ein? Oder sah die junge Frau, die ihm die Tür zum Flur im vierten Stock geöffnet hatte, wirklich so aus wie *sie*?

David hatte große Mühe, sich aufs Sprechen zu konzentrieren. Wortlos starrte er Lea, die etwa in seinem Alter war, in die Augen. Unglaublich, wie ähnlich sie sich sahen: Die gleiche Körpergröße, die gleichen lockigen Haare, die gleichen rehbraunen Augen - und vor allem die zum Verwechseln ähnliche Aladinhose, die er an *ihr* immer so geliebt hatte.

Dann stellte David sich vor. Wieder behauptete er, demnächst in dem Wohnheim einzuziehen, und erzählte Lea von seiner Begegnung mit Frantzen. Als er sich an ihr vorbei in den Flur schob, berührten sich ihre Körper leicht. Nachdem sie ihm die Gemeinschaftsräume gezeigt und ein paar Dinge über das Wohnheim erzählt hatte, setzten sie sich in die Küche.

»In welches Zimmer ziehst du ein?«, fragte Lea.

Wieder überlegte sich David eine Strategie. Diesmal würde er direkter vorgehen als bei Frantzen.

»In 403«, antwortete er.

Lea, die gerade zum Trinken angesetzt hatte, stoppte mitten in der Bewegung. Die Überraschung stand ihr ins Gesicht geschrieben.

»Das war Oljas Zimmer…«, sagte sie mit brüchiger Stimme. »Weißt du, was ihr passiert ist?«

»Hmh-hmh«, brummte David. »Hast du sie gekannt?«

Nur langsam schien Lea sich wieder zu fangen. »Gekannt wäre übertrieben. Hab sie nur ab und zu mal gesehen. Aufm Flur, hier in der Küche oder so.«

»Wie war sie denn so?«

»Ich weiß nicht, ob —« Lea kniff ihre Augen zusammen und rieb sich die Nase. »Über Tote soll man ja nichts Schlechtes sagen, oder?«

Jetzt musste David nicht mal mehr so tun, als sei er überrascht gewesen.

»Ich fand sie sehr oberflächlich«, erzählte Lea. »Hat immer nur davon geredet, dass sie später mal ganz dick Kohle machen wollte. Geld hier, Geld da. Ätzend.«

»Verstehe.«

»War einfach kein Mensch, mit dem man gerne mal 'n bisschen zusammensaß.«

David erinnerte sich an den Zettel mit Oljas Telefonnummer: Er musste unbedingt herauskriegen, was das alles zu bedeuten hatte. Vielleicht war Borowskis Kollege ja sogar schon mal hier im Wohnheim gewesen?

»Hast du sie mal…mit 'nem Typen gesehen?«, fragte er.

»Du meinst?« David nickte. »Na ja. Sie hatte was mit unserem Tutor.«

»Hab ich schon mitbekommen.«

»Wussten hier alle. Eigentlich ist der Junge ja cool. Aber die? Echt nicht.« Lea verzog das Gesicht, als ob man ihr eine faule Makrele unter die Nase gehalten hätte. »Keine Ahnung, warum er auf sie reingefallen ist. Müssen wohl ihre langen Beine gewesen sein.«

»Aber außer Tim? Besuch oder so?«

Lea schüttelte den Kopf. »Sie war ja nicht viel hier, wenn

ich das richtig mitbekommen hab. Musste ja Karriere machen.«

»Also auch nichts Ungewöhnliches?«

»Mann, jetzt klingst du echt wie 'n Bulle!«

»Wer weiß, vielleicht bin ich das ja?«, sagte David und zwinkerte.

Lea lachte.

Noch etwas, bei dem sie so aussah wie *sie*. Doch um sich nicht noch weiter in Erinnerungen zu verlieren, beschloss David, sich zu verabschieden. Er schlug vor, mal ein Bier zusammen zu trinken, und Lea war einverstanden. Zum Abschied starrte er ihr noch einmal in die Augen.

Doch kurz bevor er den Ausgang erreicht hatte, rief sie plötzlich seinen Namen. Lea kam aus der Küche, schlich auf ihn zu, und als sie schließlich wieder vor ihm stand, brachte sie zunächst kein Wort heraus. Stumm schaute sie zu Boden.

Dann hob sie wieder ihren Kopf.

»Da gibt's noch was, das ich dir erzählen muss.«

Borowski konnte es nicht glauben.

»Du willst mir also sagen, dass die Kleine...eine Nutte war?«

»Sexarbeiterin«, korrigierte Thomas. »Hab sie während meiner Recherchen kennengelernt. Ein paar Mal haben wir uns dann in irgendwelchen Cafés oder Bars getroffen.«

Darauf brauchte Borowski erst mal eine Zigarette. Er fischte sich eine aus Thomas' Schachtel, steckte sie an und nahm ein paar hastige Züge.

»Wie viele machen so was?«, fragte er.

Sein Kollege pendelte mit dem Kopf. »Laut den neuesten

Studien etwa vier bis fünf Prozent der Studierenden.«

»Klingt für mich nach Einzelfällen.«

»Hier in Deutschland, ja. In Frankreich und England sieht's schon ganz anders aus. Da gehört so etwas schon fast zum Alltag.«

»Aber gibt's nicht BaFöG, Studienkredite und das ganze Zeug?«

Thomas nickte. »Klar. Hat Olja auch bekommen. Hat aber hinten und vorne nicht gereicht.«

Borowski kam diese Geschichte - gelinde gesagt - ziemlich abstrus vor.

»Und dann geht man gleich anschaffen?«

»Bei vielen ist das wohl 'ne Mischung«, antwortete sein Kollege. »Schnelles Geld, Suche nach Abenteuer. Bei Olja war's nur das Geld.«

»Wie viel hat sie so damit reingeholt?«

»Etwa fünftausend die Woche.«

Borowski pfiff durch die Zähne. »'ne Menge Schotter für so 'n junges Ding!«

»Sollte man meinen…« Thomas trank den letzten Schluck aus seiner Flasche und griff nach den Zigaretten. »Hatte allerdings 'nen ganzen Haufen Schulden an der Backe. Dafür ist wohl fast alles draufgegangen.«

»Schulden?«, fragte Borowski.

»Hatte sie ihrer Mutter zu verdanken«, antwortete sein Kollege. »Sind zusammen vor dem Vater geflüchtet, als Olja zwölf war. Das Schwein muss gesoffen haben wie 'n alter Porsche und hat sie wohl auch ziemlich übel zugerichtet. Ende der Neunziger sind sie als Russlanddeutsche hierher gekommen. Kurz darauf hat die Mutter dann mit dem Würfeln angefangen und sich bei 'nem Kredithai 'nen Haufen

Asche gepumpt. Hunderttausend, wie Olja mir erzählt hat.«

Borowski pfiff ein zweites Mal durch die Zähne. »Und die hat sie bezahlt, indem sie...?«

Thomas nickte. Sein Blick war so leer wie die Bierflasche in seiner Hand.

Borowski erkannte seinen Kollegen nicht wieder. Seitdem sie sich das letzte Mal in der Redaktion begegnet waren, hatte er sich total verändert. Wirklich jung hatte Thomas zwar noch nie ausgesehen, aber mit den dunklen Augenringen und den Falten im Gesicht, machte er an diesem Vormittag den Eindruck, als wäre er um Jahre gealtert.

»Das war noch nicht alles«, erzählte er weiter. »Vor einem Monat hat sie behauptet, dass sie irgendwelche brisante Infos für mich habe.«

»Infos?«, wiederholte Borowski. »Was für Infos?«

»Ich weiß es nicht, Klaus. Dieselbe Frage stelle ich mir seitdem doch auch die ganze Zeit.«

»Keine Idee?«

Thomas schüttelte den Kopf.

»*Wenn Sie das schreiben, werden Sie 'ne große Nummer*. Mehr hat Sie mir nicht gesagt.«

Das hörte sich entweder wirklich nach brisanten Infos, oder aber einfach nur nach einer billigen Masche an.

»Wollte sie, dass du sie dafür bezahlst?«

Thomas zeigte fünf Finger. »Fünf Riesen.«

»Klingt nach Abzocke«, sagte Borowski. »Vielleicht wollte sie nur mal 'nen schnellen Euro machen, ohne sich gleich wieder dafür hinzulegen?« Er selbst fand diese Vorstellung keinesfalls abwegig.

Sein Kollege ließ sich jedoch mit seiner Antwort Zeit. Mit verkniffenen Augen wanderte sein Blick immer wieder zwischen Borowski, dem Rasen und dem Terrassentisch hin und her.

Dann, nachdem er schnell hintereinander ein paar hektische Züge genommen hatte, begann er zu erzählen.

»Vor 'n paar Wochen, kurz nachdem Olja mit diesen Infos rüberkam, haben wir hier plötzlich so merkwürdige Anrufe bekommen.«

»Anrufe? Was für Anrufe?«

»Am Anfang war da nur diese Stimme. Irgendjemand, der in den Hörer geatmet hat. Zunächst hab ich das für 'nen schlechten Scherz gehalten. Kennst ja die Kollegen?« Borowski nickte. »Aber schon kurz danach fing es an, gruselig zu werden. Dann war da nicht mehr nur das Atmen. Der Typ hat mir gedroht! Er wollte meiner Familie etwas antun, wenn ich nicht aufhören würde, mich mit Olja zu treffen.«

»War also auf jeden Fall ein Mann?«

Thomas nickte. Dann bat er ihn, kurz zu warten, und verschwand eine Zeit lang im Haus. Währenddessen ließ Borowski seine Gedanken schweifen.

Wer war nur diese mysteriöse Anrufer gewesen? Vielleicht ja Oljas Zuhälter, dem sie von ihren Interviews mit Borowskis Kollegen, dem Journalisten, erzählt hatte? Man musste kein Hellseher sein, um zu erraten, dass ihm diese Information wahrscheinlich mächtig die Stimmung verhagelt hatte.

Noch während er nachdachte, kam Thomas schon mit neuen Flaschen San Miguel zurück und setzte sich wieder auf seinen Gartenstuhl hinter den Sichtschutz.

»Ich überlege schon die ganze Zeit, woher ich diese Stimme kenne«, sagte er.

Er öffnete eine Flasche, nahm einen beherzten Schluck

und wischte sich mit dem Ärmel seines Sweatshirts den Mund ab. Dann fischte er die letzte Zigarette aus der Schachtel, zerknüllte die leere Packung und warf sie in einem Bogen über den Tisch in den Mülleimer.

»Ich glaube, diese Stimme werde ich nie vergessen. Vor allem wegen dem, was dann passiert ist.«

Jetzt war Borowski sicher, dass etwas wirklich Schlimmes geschehen sein musste. Etwas, das aus seinem Kollegen, der in der Redaktion als echtes Großmaul berüchtigt gewesen war, ein nachdenkliches Häufchen Elend gemacht hatte.

»Vor 'n paar Tagen ist Raquel nicht nach Hause gekommen«, begann Thomas zu erzählen. »Sie war bei 'ner Freundin zum Spielen verabredet. Deshalb dachten wir zunächst, dass sie vielleicht noch länger dort geblieben sei. Doch am Telefon haben uns die Eltern versichert, dass Raquel wie verabredet um sechs zum Bus gegangen war. Andrea und ich sind dann wie die Irren durch die Gegend gerast. Aber meine Kleine war einfach verschwunden: bei keiner anderen Freundin, bei keinen Bekannten, auf keinem Spielplatz.« Er inhalierte einen tiefen Zug. »Kannst du dir vorstellen, wie sich das anfühlt?«

Borowski versuchte es. So etwas war ihm mit Anna und Tim zum Glück noch nie passiert. Das, was sein Kollege durchgemacht hatte, musste zweifellos ein furchtbares Gefühl sein. Nicht zu wissen, wo seine Kinder waren, würde ihn schlichtweg wahnsinnig machen.

»Gegen Mitternacht ist sie dann Gott sei Dank wiedergekommen«, erzählte Thomas weiter. »Plötzlich stand sie einfach vor der Tür. Irgendjemand hatte sie auf ihrem Weg zum Bus abgefangen. Dieses feige...*Schwein* hat die ganze

Zeit eine Maske getragen!« Wieder zog er an seiner Zigarette, und während er eine Rauchwolke heraus pustete, begannen seine Augen sich zu röten. »Inzwischen geht's ihr schon wieder etwas besser. Trotzdem wacht sie immer noch jede Nacht schweißgebadet auf.«

»Und die Polizei? Suchen die jetzt nach dem Kerl?«

»Ohne Beschreibung?« Thomas schüttelte den Kopf. »Können ja auch nichts ausm Hut zaubern.«

Jetzt verstand Borowski, was seinen Kollegen so schnell hatte altern lassen. Was er selbst wohl tun würde, wenn seinem Sohn oder seiner Tochter so etwas passiert wäre? Wahrscheinlich würde er genauso am Stock gehen. Auf jeden Fall würde er aber alles tun, um diesen Kerl zu finden!

»Was hast du jetzt vor?«, fragte er.

Thomas schwieg. Nachdem er eine Weile vor sich hin gestarrt hatte, sah er Borowski tief in die Augen.

»Wer auch immer dieser Typ ist«, sagte er. »Der meint's ernst. Seine Botschaft haben wir jedenfalls verstanden.«

Er stand auf, ging zur Terrassentür und bat Borowski mit einem Kopfnicken, jetzt zu gehen.

»Noch so eine Warnung verkraften wir nicht.«

Nachdem Lea gestanden hatte, dass sie ihm doch noch etwas erzählen musste, waren sie zusammen in ihr Zimmer gegangen.

Es war in etwa so groß wie das von Frantzen, dafür aber noch viel chaotischer. Das kleine Sofa, das vor dem einzigen Fenster stand, hatte Lea zu einer Art zweitem Kleiderschrank auserkoren. Auf ihm lag ein gewaltiger Wäscheberg, während zahlreiche Bücher, Arbeitsblätter und Schmierzettel den Fußboden bevölkerten. An den Wänden hingen unzählige Partyfotos, auf denen Lea sich mit volltrunkenen Menschen in den Armen lag. Ein weiterer Punkt, in dem sie so war wie *sie*.

»Was dagegen, wenn ich mir Notizen mache?«, fragte David. »Ist wie gesagt nur für mich.«

Lea grinste. »Mach ruhig. Hat ja was von 'nem Verhör. Auch wenn ich noch nie eins erlebt hab.«

David zwinkerte ihr zu und holte Block und Kuli aus seiner Umhängetasche.

»Dann wird das jetzt dein erstes sein.« Mit einer Hand deutete er auf das Fenster. »Von da hast du also alles gesehen?«

Lea nickte. »Beim ersten Mal war's Zufall. Da hab ich mir noch nichts dabei gedacht.« Sie schob den Klamottenberg zur Seite, kniete sich auf das Sofa, um näher an das Fenster heranzukommen, und zeigte nach draußen. »Aber dann hab ich diesen Van mehrere Nächte hintereinander gesehen. Das ist mir schon irgendwie...spanisch vorgekommen.«

»Und Olja ist in diesen Van eingestiegen?«

Lea nickte weiter. »Man konnte sie immer ziemlich gut an ihrem Gang erkennen. Der war so…arrogant.« Sie rümpfte die Nase. »Hat sich wohl auf ihr nuttiges Aussehen was eingebildet. Bei manchen Kerlen scheint das ja auch echt zu klappen, dieser Schlampen-Look.« Von der anfänglichen Zurückhaltung, über Tote nichts Schlechtes zu sagen, war hörbar nicht mehr viel übrig geblieben.

»Wie würdest du den Van beschreiben?«, fragte David.

»Puh. So 'n normaler Van halt.«

»Kennzeichen?«

»Kein Plan.«

»Und die Farbe?«

»'n helles Grau, würd ich sagen. Silbergrau?«

»Die Marke, hast du die erkannt?«

Lea schüttelte den Kopf. »Hab ich nicht drauf geachtet. War ja außerdem auch dunkel.«

David notierte sich jede Information. Allerdings war es bisher noch nicht wirklich viel: Van, silbergrau, nachts abgeholt.

»Was ist mit dem Fahrer?«, fragte er. »Hast du jemanden erkannt?«

»Nicht wirklich.«

Lea wandte sich von dem Fenster ab und ließ sich zurück auf ihr Sofa rutschen. David setzte sich neben sie.

Ihre Nähe war ihm angenehm und unbehaglich zugleich. Angenehm, weil Lea ihn an *sie* erinnerte, und unbehaglich, weil es in ihm ein nostalgisches Gefühl auslöste. Als würde er die ganze Vergangenheit noch einmal durchleben, mit dem gleichen, furchtbaren Ende. Mit aller Kraft versuchte er, diese Gedanken beiseite zu schieben.

»Ist dir sonst noch was aufgefallen?«, fragte er.

»Hmh…« Lea sah zur Zimmerdecke und legte einen Finger auf ihre Lippen. »Der Van hatte diese Schiebetüren, weißt du? Auf beiden Seiten.« David notierte sich auch diese Information. »Aber du, sag mal…« Plötzlich drehte sie sich herum und zog den Kuli zwischen seinen Fingern heraus. »Hast du vorhin nicht etwas von einem Bier gesagt?«

Ihre Augen verrieten ihm, dass das Verhör damit beendet war.

Als Borowski das Haus in der Adalbert-Stifter-Straße verließ, war er gedanklich immer noch mit dem beschäftigt, was er von seinem Kollegen erfahren hatte. Er stieg in seinen Passat, startete den Motor und verließ Vellmar wieder über die Holländische Straße, die ihn zurück nach Kassel führte. Während der Fahrt drängten sich ihm mehrere Fragen auf.

Sollte er zur Polizei gehen? Das schien die einzige vernünftige Lösung zu sein. In den aktuellen Meldungen war jedenfalls bisher nie etwas von Oljas Prostituierten-Dasein zu lesen gewesen. Falls die Polizei also noch nichts von ihrem Doppelleben wusste, könnte das ein entscheidender Hinweis sein. Schließlich ging es hier um einen Mord!

Andererseits: Was waren das nur für brisante Informationen, von denen Olja gesprochen hatte? Warum war Thomas' Familie bedroht worden? Und vor allem: Wo war da die Verbindung?

Wenn Sie das schreiben, werden Sie 'ne große Nummer.

Vielleicht war das Borowskis Chance! Die Chance auf einen *Scoop*, der ihn endlich dahin bringen würde, wo er nach seinem Selbstverständnis eigentlich schon seit langem hingehörte: auf den Stuhl des Ressortleiters.

Dann würde er seiner Familie endlich das Leben bieten können, das sie verdiente. Würde Carola den Klunker kaufen, den sie sich wünschte, und Anna und Tim tolle Autos zu ihrem achtzehnten Geburtstag schenken. Das war er ihnen einfach schuldig! Wegen allem, was sie für ihn taten.

Vor allem aber, weil er jeden einzelnen von ihnen immer wieder aufs Neue belog. Dreihundertfünfundsechzig Tage im Jahr.

Doch um überhaupt eine Chance zu haben, musste er der Erste sein, der über Oljas düstere Karriere schrieb. Wenn er der Polizei alles erzählen würde, hätte er diesen Joker für immer verspielt.

Am Holländischen Platz angekommen, fuhr Borowski weiter zum Stern. Über den Altmarkt und den Steinweg nahm er Kurs auf die Oberneustadt. Auf dem HNA-Gelände stellte er den Passat auf seinem Stammplatz ab und fuhr mit dem Fahrstuhl in die Redaktion.

Er bemerkte sofort, dass der Neue nicht mehr an seinem Schreibtisch saß. Irritiert schaute er sich um. Doch von Mao gab es nicht die geringste Spur. Niemand wusste, wo er steckte. Wie vom kommunistischen Erdboden verschluckt.

Die Nachmittagskonferenz begann trotzdem pünktlich um vier. Haxe sah angespannt aus und hatte wieder seinen typischen Tunnelblick drauf.

Nacheinander erzählten die Kollegen von ihren Recherchen. Borowski berichtete von der Pressekonferenz im Regierungspräsidium, und als er gestand, dass er noch kein einziges Wort zu Papier gebracht hatte, starrte Naumann ihn mit weit aufgerissenen Augen an. Ein Phänomen, dass nie seine Faszination verlor: Je näher die Deadline kam, desto angespannter wurde der Ressortleiter, und obwohl Borowski ihm versprach, bis Redaktionsschluss noch einen Zweispalter zu liefern, trug diese Zusage kaum zu seiner Beruhigung bei.

Nach der Konferenz kehrten alle wieder an ihre Arbeitsplätze zurück. Borowski startete das Schreibprogramm und versuchte, irgendwelche sinnvollen Worte aus sich herauszuquetschen. Doch sein Kopf fühlte sich an wie eine matschige Banane. Er konnte sich einfach nicht konzentrieren. Noch immer kreisten in seinen Gedanken dieselben Fragen herum wie in einer Endlosschleife.

Wie viele Jahre hatte er jetzt schon versucht, Leiter der Lokalredaktion zu werden? Obwohl er sich bereits viel länger hier abschuftete als Haxe, hatte der ihn auf dem Weg nach oben irgendwann überholt. Dabei hätte er die Artikel, die Naumann schrieb, sogar mit eineinhalb Promille im Blut noch besser hinbekommen. Doch solange Ulrich Decker in diesem Laden etwas zu sagen hatte, würde er wahrscheinlich nie aufsteigen. Es sei denn, er würde einen Scoop landen. Dann würden Flachse die Argumente ausgehen, und der Chefredakteur hätte keine andere Wahl, als Borowski zum Leiter der Lokalredaktion zu ernennen.

Bei diesem Gedanken war seine Entscheidung gefallen: Die Polizei machte ihren Job, und er machte seinen.

Er durfte sich diese Chance einfach nicht entgehen lassen!

David stand auf der gegenüberliegenden Straßenseite und schaute auf das rostbraune Metalltor. Er war direkt von der Black Box hierhergekommen.

Lea hatte sich als genauso schlitzohrig entpuppt wie *sie*. Nachdem sie eine Flasche Wein aus dem Kühlschrank stibitzt hatte und anschließend von sich erzählte, verlor David sich erneut in ihren Augen. Wahrscheinlich hatte sie nicht einmal bemerkt, dass er ihr gar nicht zuhörte. Er hatte es immer wieder versucht, doch es wollte ihm einfach nicht gelingen. Immer wieder war *ihr* Gesicht vor seinen Augen aufgetaucht.

Als Lea ihm mit der Zeit immer näher gekommen war, hatte David den Wein notgedrungen mit einem Schluck heruntergekippt. Wortlos war er aus dem Zimmer getürmt und durchs Treppenhaus gestürzt, indem er zwei Stufen auf einmal nahm. Von der Kohlenstraße war es dann kein weiter Weg mehr bis hierher gewesen.

David hatte schon oft versucht, durch das Tor zu gehen und an dem Backsteinhaus vorbei das verwinkelte Gelände zu betreten. Doch egal wie fest er es sich auch vornahm, scheiterte er trotzdem jedes Mal. Je näher er der Rammelsbergstraße kam, desto schneller schlug sein Herz. Seine Versuche zählte er schon lange nicht mehr.

Nicht einmal an diesem einen, unsäglichen Tag war es ihm gelungen. Dem Tag, den er am liebsten für immer aus seinem Gedächtnis streichen würde. Auch damals stand er reglos auf der gegenüberliegenden Straßenseite. Sah zu, wie die Menschen, die schwarze Kleidung trugen, über das Gelände trotteten. Nach und nach waren sie in dem weißen Häuschen mit der goldenen Inschrift verschwunden, und als sich die Flügeltüren hinter ihnen geschlossen hatten, erklang leise Orgelmusik, die gerade laut genug war, dass David sie hören konnte.

Dann, nach einer Weile, für die er kein Gefühl mehr hatte, tropfte der Menschenzug wie ein leckender Hahn wieder nach draußen. Angeführt von vier kräftigen Männern und einem Pfarrer, zogen die Gäste im Zeitlupentempo zu einer Stelle, die Davids Blick verborgen blieb. Er wartete, bis sie zurückkamen.

Erstarrt sah er ihnen zu, wie sie nacheinander das Gelände verließen. Stumm beobachtete er, wie jemand das rostige Metalltor abschloss, als es dunkel wurde. Derselbe jemand, der es wieder öffnete, nachdem die Sonne den Beginn des nächsten Tages bereits seit Stunden wieder eingeläutet hatte.

Nur mit Mühe hatte Borowski den Artikel über die Pressekonferenz im Regierungspräsidium fertig geschrieben. Als die Rote Socke schließlich eine Stunde nach der Redaktionssitzung durch die Tür geschlichen kam, sah er so erschöpft aus, als hätte er eine Woche lang Kartoffeln geschleppt.

»Na, Prinzessin?«, sagte Borowski. »Harten Tag gehabt?«

Doch Mao reagierte nicht. Er legte nur seine Tasche ab und ließ sich wortlos auf den Bürostuhl fallen. Während Tränen von seiner Wange tropften und den Tisch mit einem dünnen, feuchten Film überzogen, starrte er apathisch auf seinen Bildschirm.

Der hat ja wirklich gar keine Beherrschung!, dachte Borowski. So etwas würde ihm nie passieren. Er stand immer seinen Mann. Niemals Schwäche zeigen, das war seine Devise. Wenn andere erst einmal von einer Schwachstelle wussten, war man verloren.

Das hatte Borowski auch seinen Kindern beigebracht. Die Welt war nun mal ein riesiges Haifischbecken, und als das Oberhaupt hatte er dafür zu sorgen, dass weder er noch jemand anderer aus seiner Familie jemals zu einem Opferfisch wurde.

Dann überlegte Borowski, wann er eigentlich das letzte Mal etwas gegessen hatte. Die Ereignisse des Vormittags hatten seinen Hunger lange unterdrückt. Bis jetzt.

»Ich fahr ins Eckstein«, sagte er zu David. »Wenn du in dem Laden keine Revolution anzettelst, kannste ja mitkommen? Siehst nämlich so aus, als könntest du mal was auf die Rippen vertragen.«

In Maos Gesicht breitete sich ein zaghaftes Lächeln aus.

»Dafür sehen Sie so aus, als könnten Sie ruhig mal 'nen

Salat essen.«

Borowski schmunzelte. »Na also! Unsere Sissi ist wieder übern Berg.« Auch wenn er es niemals zugegeben hätte, fand er dennoch langsam Gefallen an ihren Unterhaltungen. »Außerdem müssen wir reden. Ich hab da nämlich was rausgefunden.«

»Dann sind wir ja schon zwei«, antwortete Mao.

4

Borowski parkte den Passat am Brüder-Grimm-Platz. Während David sich erst einmal im Eckstein umsah, da er hier noch nie zuvor gegessen hatte, stürzte sich sein Mentor sofort an einen freien Tisch. David setzte sich ihm gegenüber und schmunzelte.

Obwohl das Eckstein im Großen und Ganzen nach jenem gutbürgerlichen Lokal aussah, wie er es sich vorgestellt hatte, war er trotzdem positiv überrascht. Denn mit seinem dunklen Holzmobiliar, den kleinen Sitzecken und dem Brunnen im Eingangsbereich, versprühte das Restaurant durchaus ein Flair von Gemütlichkeit, das er so nicht erwartet hatte.

Da sie gerade noch rechtzeitig zum Mittagstisch kamen, bestellte Borowski ein Jägerschnitzel mit Pommes, ohne Salatbeilage, und dazu ein großes Bier. David entschied sich für den vegetarischen Flammkuchen und ein Wasser. Sein Mentor quittierte die Bestellung mit einem Augenrollen.

»Also?«, fragte er knapp.

David stellte sich auf die zu erwartenden Hasstiraden ein.

»Nun...Während Sie bei Ihrem Kollegen waren, bin ich in der Zwischenzeit zu Oljas früherem Wohnort gefahren.«

»Scheiße!«, platzte es aus Borowski heraus. »Dich kann man echt nicht alleine rummachen lassen!« Er lehnte sich zurück und verschränkte die Arme. »Muss ich dir jetzt Fußfesseln anlegen?«

David ließ den Sturm an sich vorüberziehen.

»Wenn Sie sich wieder beruhigt haben, dann —«

»Beruhigen! Beruhigen! Ich mich beruhigen?« Borowskis Gesicht sah aus wie eine prallgefüllte Piñata. »Wie bist du überhaupt an ihre Adresse gekommen? Bist doch wohl nicht den ganzen Tag in der Gegend rumgefahren und hast Klinken geputzt?«

»Ach...Das war die leichteste Übung«, log David. Als er die Überraschung in den Augen seines Mentors sah, musste er sich ein Schmunzeln verkneifen. Der Stinkstiefel hatte wohl nicht damit gerechnet, dass er sich so gut zu helfen wusste.

»Olja hat im Studentenwohnheim in der Kohlenstraße gewohnt«, berichtete David. »In der Black Box, wie die Bewohner das Haus nennen.« Borowski verzog das Gesicht. »Ist einfach nur 'n hässlicher, grauer Klotz. Deshalb der Name.«

»Das sind deine Neuigkeiten?« Der Stinkstiefel pfiff verächtlich durch die Zähne. »Haut mich echt vom Hocker!«

»Das, was ich Ihnen jetzt erzähle, mit Sicherheit.«

David sah sich um, beugte sich dann über den Tisch und flüsterte: »Ich hab mit 'ner ehemaligen Mitbewohnerin gesprochen. Offenbar wurde Olja mehrmals pro Woche mitten in der Nacht von einem Van abgeholt.«

Jetzt beugte sich auch Borowski zu ihm herüber. Seine Ablehnung war schneller verdampft als Wasser in einer Sauna.

»Was meinst du mit...*abgeholt*?«

David zuckte mit den Schultern. »Vielleicht nur 'n Freund, mit dem sie sich nachts getroffen hat?« Er nippte an seinem Wasser. »Aber wenn Sie mich fragen, irgendetwas an der Sache stinkt! Ich hab da so 'n Gefühl...«

Zu seiner Überraschung machte sein Mentor nicht den Eindruck, als würden ihn diese Neuigkeiten sonderlich überraschen.

»Haste sonst noch was herausbekommen? Liebschaften,

Leichen im Keller?«

»Sie hatte 'ne Affäre mit dem Wohnheimtutor«, antwortete David. »War unter den Bewohnern wohl 'n offenes Geheimnis.«

»Könnte der es also gewesen sein? Der sie umgelegt hat?«

Darüber hatte David natürlich auch schon nachgedacht. Trotzdem kam ihm diese Vorstellung ziemlich abwegig vor. Frantzen sah zwar nach Vielem aus, aber ganz bestimmt nicht nach einem Kerl, der seine Freundin abmurkst.

»Wer weiß, vielleicht hatte sie ja 'nen anderen?«, mutmaßte Borowski weiter. »Sah ja ganz annehmbar aus, die Kleine.«

»'ne Beziehungskiste, meinen Sie?«

Der Stinkstiefel zuckte mit den Schultern. »Vielleicht ist sie zweigleisig gefahren und hatte noch was mit diesem Van-Typen am Laufen? Und als unser Tutor das rausgekriegt hat, sind ihm halt die Sicherungen durchgebrannt.«

»Hmh«, brummte David. »Warum dann im Hotel?«

»Was weiß ich! Anonymität? Spuren?«

Er überlegte. War an der Idee vielleicht wirklich etwas dran?

»Möglicherweise war das sein Plan?«, spann Borowski weiter. »Die Kleine im Wohnheim umzulegen, wäre doch auch ziemlich beknackt gewesen.«

Plötzlich wurde ihr Gespräch von der Kellnerin unterbrochen, die das Essen brachte. Der Stinkstiefel starrte auf seinen Teller, als ob er sein Schnitzel vor einem unerlaubten Zugriff schützen wollte.

»Ich bin Vegetarier«, sagte David.

»Umso besser«, antwortete Borowski.

Während sie aßen, warf er dem Neuen, der sich einen fleischlosen Teigfladen bestellt hatte, angewiderte Blicke zu. Mao aß so langsam, dass Borowski schon beim Zusehen beinahe eingeschlafen wäre. Als David ihn dann auch noch fragte, ob er eigentlich wisse, was er da aß, fauchte er ein energisches »JA!« zurück. Das hinderte die Rote Socke dennoch nicht daran, über Massentierhaltung, Antibiotika und Überfütterung zu referieren.

Wie konnte man nur so ein Spielverderber sein? Diese Öko-Faschisten verdarben einem aber auch wirklich alles! Früher war man froh, wenn es mal Fleisch zu essen gab. Und heute sollte das nun auf einmal verwerflich sein?

Gut, vielleicht mussten sogar wirklich ein paar Dinge verändert werden. Aber so war es nun mal überall! Das Große Ganze würde sich trotzdem nicht ändern, und das war es, was diese linken Spinner einfach nicht begriffen!

Dann, wie aus heiterem Himmel, erkundigte sich David, wie Haxe denn eigentlich zu seinem Spitznamen gekommen sei. Borowski schmunzelte und erzählte ihm die Geschichte von Naumanns tyrannischer Frau: Schon seit Jahren zwang sie das arme Schwein dazu, jeden Morgen mit ihr mehrere Kilometer zu joggen. Doch als wäre das noch nicht genug gewesen, kontrollierte sie darüber hinaus auch noch jedes Detail seiner Ernährung. Da also die Mittagspause die einzige Zeit war, während der ihm niemand ins Leben pfuschte, gönnte Naumann sich seit Ewigkeiten jeden Tag eine Schweinshaxe von seinem Lieblingsmetzger. Die verdrückte er dann so schnell, als hätte er sich wie ein Eremit wochenlang nur von Insekten ernährt. So war sein Spitzname geboren worden.

Als sie fertig gegessen hatten, bestellte Borowski einen

Espresso. Der Neue hingegen lehnte dankend ab. Was tat der eigentlich überhaupt? Nichtraucher, Vegetarier, kein Alkohol, und jetzt auch noch kein Koffein? Den hätte jedes Kloster mit Handkuss genommen.

»Jetzt sind Sie dran«, sagte David. »Sie waren bei Ihrem Kollegen?«

Borowski nickte und kippte den Espresso mit zwei Schlücken herunter. Wie viel sollte er dieser Roten Socke eigentlich erzählen? Mit seiner Arbeit im Studentenwohnheim hatte Mao sich durchaus als talentierter Schnüffler erwiesen. Vielleicht würde er ihm ja irgendwann noch einmal von Nutzen sein? Daher beschloss Borowski, mit David zusammenzuarbeiten.

»Thomas kannte Olja«, fing er an zu erzählen, was er an diesem Vormittag in Erfahrung gebracht hatte. »Saß wohl gerade an 'nem Artikel über studentische Prostitution dran. Deshalb hat er sich 'n paar Mal mit ihr getroffen.«

Mao schaute wie ein Reh, das im Scheinwerferlicht erstarrt war.

»Wollen Sie damit etwa andeuten, dass…?«

»Sie war 'ne Nutte«, bestätigte Borowski. »Allerdings keine im - sagen wir - *klassischen* Sinn. Eher 'ne Art… Dienstleisterin. Essen gehen, im Zimmer strippen, zwischendurch mal 'ne schnelle Nummer schieben.« David sah ihn an, als arbeitete sein Gehirn auf Hochtouren. »Hat wegen ihrer spielsüchtigen Mutter 'nen fetten Berg Schulden bei 'nem Kredithai an der Backe gehabt. Ums kurz zu machen: Sie hat ihre Mutter freigekauft.«

»Scheiße«, fluchte David. Diese Neuigkeiten hatten ihm scheinbar genauso die Schuhe ausgezogen wie Borowski. »Das mit dem Van könnte also auch 'n Freier gewesen sein?«

Borowski überlegte. »Klar, warum nicht? Vielleicht hatte da jemand einfach keinen Bock auf Bordell? Oder brauchte die Beschaulichkeit seiner Ladefläche, um auf Touren zu kommen? Soll ja die perversesten Typen geben.«

Mao nickte. Eine Zeit lang kramte er in seinem Parka herum, bis er schließlich einen Zettel herausholte und ihn auf den Tisch legte.

»Die Beschreibung des Vans«, kommentierte er.

Borowski überflog die Notizen und pfiff anschließend erneut verächtlich durch die Zähne. »Ist ja schon so gut wie gefasst.«

David ließ den Zettel wieder in seinem Parka verschwinden.

»Ziehste das Ding eigentlich auch mal aus?«, fragte Borowski. »Oder ist der Mantel so etwas wie deine zweite Haut?«

Als hätte diese Frage in ihm etwas ausgelöst, wurde Mao von jetzt auf gleich sehr still. Er lehnte sich zurück, stützte seinen Kopf auf eine Hand und kratzte sich am Kinn. Sein Blick sah wieder so glasig und leblos aus wie vorhin in der Redaktion. Was auch immer es war, irgendetwas machte ihm schwer zu schaffen.

Doch dann schüttelte er sich plötzlich, als ob er seinen Kopf in einen Eimer eiskaltes Wasser getaucht hätte, und riss seine Augen auf. Mit einem Mal war wieder Leben in sie zurückgekehrt.

»Also, was machen wir jetzt?«, fragte er.

Borowski zuckte mit den Schultern.

»Du bist doch hier der Studierte! Lass dir was einfallen!«

Er schob die Gardine beiseite und rieb mit dem Handballen einen Kreis auf der verdreckten Fensterscheibe frei.

Dann setzte er sich zurück an den Schreibtisch und blickte hinunter auf das Gradierwerk. Er beobachtete einen älteren Mann, der mit seinem Hund über die Holzbrücke an dem Kunsthaus vorbei spazierte und schließlich in dem Park, der um den Schwanenteich führte, verschwand.

Von Wolfgang, diesem Schwätzer, hatte er ja früher oder später erwartet, dass er ihn im Stich lassen würde. Die anderen waren sowieso nur Mitläufer gewesen, die man leicht unter Kontrolle halten konnte. Doch seit seinem Streit mit Wolfgang, bei dem er die Beherrschung verloren hatte, waren sie nicht mehr auf seiner Seite gewesen. Mit Anke hatte ihm nun auch die Letzte der Gruppe die Gefolgschaft gekündigt.

Wirklich überrascht hatte ihn das nicht. Anke war von Anfang an immer schon eine Heulsuse gewesen. Im Grunde hatte er noch nie verstanden, warum sie sich ihnen überhaupt angeschlossen hatte. Musste ohne Frage eine Kurzschlussreaktion gewesen sein. Damals, als sie entschieden hatten, ihren eigenen Weg zu gehen.

Dann würde er es jetzt eben allein zu Ende bringen!

Denn er musste ein Zeichen setzen. Sonst würden *die* einfach immer weitermachen.

Deshalb ging er zum letzten Mal die einzelnen Schritte durch. Bei seinem Plan musste jedes Detail stimmen.

Natürlich hätte Borowski das niemals laut ausgesprochen. Aber Davids Vorschlag, sich in dem Hotel umzuhören, in dem Olja getötet worden war, entpuppte sich in der Tat als gar keine schlechte Idee. Sofort zückte er sein Handy und reservierte ein Zimmer im Deutschen Hof. Mao hingegen würde zeitgleich auf dem Strich in der Schillerstraße recherchieren. Vielleicht war Olja dort bei der einen oder anderen Prostituierten bekannt gewesen?

Während der kurzen Fahrt zum Hotel plante Borowski seine Strategie. Am liebsten wäre er einfach in die Lobby gestürmt und hätte den nächstbesten Mitarbeiter über die Mordnacht ausgequetscht. Seine kräftige körperliche Erscheinung hatte im Laufe seiner Karriere schon so einige zum Singen gebracht, egal wie zugeknöpft sie zunächst gewesen waren. Doch diesmal erschien ihm die Wahrscheinlichkeit, mit dieser Methode etwas zu erfahren, eher gering. Vermutlich würde man im Hotel nur auf das laufende Ermittlungsverfahren verweisen und ihn bitten, sich doch besser bei der Polizei zu melden. Nein, diesmal war ein anderes Vorgehen gefragt. Welches genau, davon hatte Borowski jedoch noch keine Vorstellung. Nach dem Check-In würde ihm aber bestimmt noch genügend Zeit bleiben, seine grauen Zellen zu bemühen.

Das Hotel *Deutscher Hof* lag zentral, gegenüber der Lutherkirche. Borowski parkte seinen Passat direkt vorm Haus und dem Eingang zum hoteleigenen Restaurant *La Scala*. Als er ausstieg und die Fassade betrachtete, erkannte er, dass sich in den letzten Monaten hier einiges getan hatte: Von dem altbackenen Gebäude, das noch vor kurzem so ausgesehen hatte, als sei die Zeit in den Sechzigern stehengeblieben, war nichts mehr zu sehen. Die Renovierungen waren offensichtlich erst vor ein paar Tagen abgeschlossen worden, und so glaubte Borowski immer noch die frische Farbe zu riechen. Als Kontrast zu dem hellen Anstrich hatte man vertikale Balken in dunklem Grau von der Dachkante bis zum Sockel gezogen. Strahlend neue Gardinen hingen in den Fenstern des Frühstücksraums, und das riesige Banner, das für das Hotel warb, flatterte im Wind hin und her.

An der Rezeption wurde Borowski von einem jungen, südländisch aussehenden Mann begrüßt. Das kleine silberne Schild an seiner Weste verriet ihm den Namen des Hotelangestellten: Deniz Yildirim. Die Formalitäten waren schnell erledigt, und nachdem er einen kurzen Fragebogen ausgefüllt und Yildirim seinen Personalausweis über den Kopierer gezogen hatte, reichte der Rezeptionist den Schlüssel für das Zimmer im ersten Stock über den Tresen.

Borowski ging nach oben und schloss die Tür auf. Zwar war der Raum eindeutig zu klein, um sich darin zu verlaufen, dafür aber geschmackvoll und modern eingerichtet. Nachdem er sich überall umgesehen hatte, ließ er sich aufs Bett fallen und naschte das Schokoladentäfelchen, das als Willkommensgruß auf dem Kopfkissen lag.

Dann zückte er sein Handy und rief seine Frau an. Am Telefon zeigte Carola wie immer Verständnis dafür, dass er wieder mal später nach Hause kommen würde. Das war auch einer der Gründe, warum er sie so sehr liebte: Sie hatte einfach Verständnis für alles und jeden, und war damit so ganz anders als er. Sie war schon immer sein Gegenpol gewesen. Die Einzige, die ihn beruhigte, wenn ihm in der Redaktion wieder einmal alle auf die Nerven gingen.

Aber *sie* liebte er nun mal auch. Zwar auf eine völlig andere Art und Weise, aber trotzdem würde er Carola nie etwas von ihr erzählen. Da würde sogar ihr Verständnis aufhören. Wenn seine Frau je etwas von *ihr* erfuhr, würde sie wahrscheinlich noch am selben Tag ihre Sachen packen und mit den Kindern verschwinden.

Für nichts in der Welt wollte er das riskieren! Niemals würde er seine Familie aufs Spiel setzen. Das einzig Gute, das ihm in seinem verkorksten Leben widerfahren war. Sie zu verlieren war das Schlimmste, das er sich vorstellen konnte. Zu dem Versteckspiel, das er nun schon seit fünfundzwanzig Jahren trieb, gab es also keine Alternative. Weder wusste seine Familie etwas von *ihr*, noch wusste *sie* etwas von seiner Familie. Um jeden Preis würde er verhindern, dass Carola etwas von *ihr* erfuhr.

Der Stinkstiefel hatte das Schnitzel heruntergeschlungen wie ein Rottweiler. Bei diesem Anblick war David schnell der Appetit vergangen. Tiere zu essen kam für ihn nun mal überhaupt nicht in Frage! Und überhaupt: Wie konnte man nur so ignorant sein? Borowski hätte man mal in einen Schlachthof schicken und zwingen müssen, vierundzwanzig Stunden zuzusehen, wie die Tiere dort ihr Leben ließen. Ob er sich danach immer noch auf sein Schnitzel stürzen würde, als wäre es das Letzte, was er jemals zu essen bekäme? Veggieday - diese Idee hatte doch was! Aber für den Stinkstiefel wäre das wahrscheinlich der Untergang des Abendlands. David hörte schon seine Schreie: Gutmenschen! Öko-Faschisten! Feinde der Freiheit!

Die Neuigkeit, dass Olja eine Prostituierte gewesen war, hatte ihn ziemlich aus der Bahn geworfen. Dabei waren ihm schon während des Studiums diverse Gerüchte an der Uni zu Ohren gekommen, dass es wohl tatsächlich Kommilitoninnen gab, die sich prostituierten. Damals wollte er unbedingt einen Artikel darüber schreiben, doch leider erklärte sich niemand dazu bereit, mit ihm zu sprechen. Dass er nun eine zweite Chance bekam, war natürlich großartig! Es war *die* Gelegenheit, Olja wenigstens späte Gerechtigkeit zu verschaffen, und so vielleicht die Welt ein Stückchen besser zu machen.

Während der Stinkstiefel nach dem Essen ein Zimmer im Hotel reservierte, zahlte David seinen Teil der Rechnung und machte sich anschließend zu Fuß auf den Weg in die Schillerstraße. Nachdem Borowski ihn auf den Parka angesprochen hatte, wollte er einfach nur noch allein sein.

Denn der Mantel war ein Geschenk von *ihr* gewesen. Wenige Tage, bevor *es* passiert war. Seitdem trug er den Parka jeden Tag. Wann immer er in die Ärmel schlüpfte, erinnerte er sich daran, wie *sie* ihm den Mantel zum ersten Mal übergestreift hatte. Dieser Parka war alles, was ihm von *ihr* noch geblieben war.

Dann konzentrierte David sich wieder auf seinen Weg. Er schlenderte die Königsstraße herunter, die bereits so gut wie ausgestorben war, und bog zwischen City-Point und Kurfürstengalerie zum Lutherplatz ab, wo er einen Bogen um die grölenden und pöbelnden Junkies machte, die sich hier regelmäßig aufhielten.

Nachdem er die Kreuzung überquert hatte, lief er weiter bis zur Schillerstraße. An einer Häuserecke erkannte er drei junge, leicht bekleidete Frauen, die auf ihren Stöckelschuhen tänzelten und die nahe Umgebung offensichtlich nach zahlender Kundschaft scannten.

Der Strich lag in einem der klassischen Arbeiterviertel der Stadt. Das Straßenbild war gezeichnet von einfachen Wohnhäusern der fünfziger Jahre. Überall flogen berstende

Müllsäcke herum, deren Inhalt sich auf dem Kopfsteinpflaster verstreute. David sah zwei LKW, die gegenüber der Martin-Luther-King-Schule parkten. Ihm war klar, warum die Fahrer ausgerechnet hier eine Rast einlegten.

Als er nur noch wenige Schritte von der Kreuzung entfernt war, drehten sich die drei Frauen plötzlich zu ihm herum. Er griff nach seinem Handy und stellte es aus, um nicht mehr gestört zu werden.

Dann holte er die Zeitung aus seiner Tasche und riss die Seite heraus, auf der Oljas Foto prangerte.

Borowski stand unter der Dusche und überlegte, wie er wohl am besten vorgehen würde.

Als ihm nach einer Weile die erhoffte Eingebung gekommen war, zog er sich an, zupfte seine Kleidung zurecht und strich sie zum Abschluss noch einmal glatt. Obwohl er sowieso immer darauf achtete, dass alles ordentlich saß, war *das* diesmal jedoch besonders wichtig. Sein Plan stellte sich so dar: Er würde nach unten in die Lobby gehen, sich als Geschäftsmann ausgeben, damit ihn niemand für einen Journalisten hielt, und versuchen, so viel wie möglich über die Tatnacht herauszufinden. Er vermutete, dass die Hotelangestellten ihm gegenüber bestimmt aufgeschlossener sein würden, wenn sie nicht befürchteten, ihre Aussagen ein paar Tage später in der Zeitung zu lesen.

Natürlich wusste er, dass sein Plan keinesfalls preisverdächtig klang. Aber auf die Schnelle war ihm einfach nichts Besseres eingefallen. Er war nun mal nicht der Typ für solche Dinge: Sich mit Menschen zu unterhalten und zu versuchen, etwas aus ihnen herauszukitzeln.

Borowski verließ das Zimmer, schloss die Tür ab und ging durchs Treppenhaus nach unten. In der Lobby hielten sich nur drei Personen auf: Yildirim, der hinter der Rezeption mit Papierkram beschäftigt war, eine attraktive Brünette, die tief in einem der Sessel versunken war und sich einen Gin Tonic genehmigte, und neben ihr ein etwa vierzigjähriger Mann in Jeans und Hawaiihemd, der in einer Sportzeitschrift blätterte.

Borowski musterte die Frau eingängig: Ihre langen glatten Haare sahen so akkurat aus wie mit einem Maßband gescheitelt. Sie machte einen erschöpften Eindruck, als hätte sie einen verdammt langen Tag hinter sich. Wegen des dunkelgrauen Kostüms, das sich eng an ihren schlanken Körper schmiegte, vermutete er, dass sie eine Geschäftsfrau war. An ihrer knochigen Hand entdeckte er keinen Ehering.

Borowski bestellte bei Yildirim ein Bier und ließ auf sein Zimmer anschreiben. Mit einem großen Schluck trank er sich Mut an und setzte sich in den Sessel neben der Frau.

Jetzt nahm er vorsichtig Tuchfühlung auf. Er beugte sich zu ihr herüber, sodass er ihr Parfüm riechen konnte: Ein eher unweiblicher, weil holziger Duft, der ihre zielstrebige Erscheinung noch betonte.

»Wenn Sie mir das Kompliment erlauben«, sagte er. »Sie riechen wirklich bezaubernd.«

Langsam drehte die Brünette ihren Kopf herum. Auch der Mann mit der Sportzeitschrift war nun auf ihn aufmerksam geworden.

»Finden Sie, ja?«

Ihre Stimme zerschnitt die Luft wie ein Skalpell. Sie schien nicht gerade der Typ für Plaudereien zu sein. Das machte sie Borowski zwar sympathisch, aber für seinen Plan bedeutete das hingegen nichts Gutes.

»Wenn ich mich Ihnen vorstellen darf?« Er reichte ihr seine Hand. »Klaus Borowski.«

Die Brünette wartete mit ihrer Antwort gerade so lange, dass sie nicht unhöflich wirkte, trotzdem aber deutlich ihre Ablehnung zeigte.

»Susanne Marquardt.«

»Oh.«

Für diese Reaktion hätte er sich am liebsten selbst geohrfeigt. Sowohl Yildirim, als auch der Mann im Hawaiihemd rollten mit den Augen. Das fing ja richtig gut für ihn an!

»Haben Sie etwas mit der Marquardt-Gruppe zu tun?«, versuchte Borowski zu retten.

Die Brünette schüttelte den Kopf und nippte stumm an ihrem Gin.

»Aber auch in der Zulieferer-Branche tätig?«

»Logistik«, murmelte sie.

»Welches Unternehmen?«

»Mein eigenes. Marquardt Logistik International.«

»Kenne ich. Sie leisten 'ne gute Arbeit.« Borowski hatte keine Ahnung, wovon er da überhaupt sprach.

Plötzlich stand der Mann im Hawaiihemd auf, legte die Sportzeitschrift beiseite und nickte Yildirim zu. »Morgen um acht«, sagte er, und der Rezeptionist versicherte ihm, dass man ihn rechtzeitig wecken würde.

»Ich bin auch in der Logistik«, log Borowski. »Allerdings nur im Vorstand.« Er hoffte, damit das Eis zwischen ihnen endlich zu brechen. Doch es blieb dicker als eine Scholle am Nordpol. Die Frau kramte ihr Smartphone aus der Handtasche und drückte auf dem Touchscreen herum.

»Hören Sie, Herr...*Borowski*?« Das Handy gab nervtötende Geräusche von sich. »Ich hatte 'ne lange Fahrt, und morgen früh verlasse ich um Punkt sechs das Haus. Wenn Sie mich also entschuldigen würden?«

Sie kippte den Gin mit einem letzten Schluck herunter, knöpfte ihren Blazer bis obenhin zu und legte Yildirim einen Zehner auf den Tresen, bevor sie ohne ein weiteres Wort im Treppenhaus verschwand.

Borowski war froh, dass die Geräusche aus dem Speisesaal nebenan die peinliche Stille übertönten. Verlegen griff er nach der Sportzeitschrift und blätterte in ihr herum, ohne auch nur ein Wort tatsächlich zu lesen.

Dann hörte er plötzlich ein Zischen. Als er seinen Kopf hob, sah er, dass Yildirim in seine Richtung winkte. Borowski legte die Zeitschrift auf dem Beistelltisch ab und trottete an die Rezeption. Als er vor ihm stand, nickte der Hotelangestellte in Richtung Treppenhaus.

»'ne harte Nuss, was?«

»Können Sie laut sagen.«

Yildirim winkte ab. »Vergessen Sie die. Kommt öfter mal vorbei, wenn sie auf Durchreise ist. An der beißen sich hier alle die Zähne aus.«

Dann beugte er sich über den Tresen, sah sich in alle Richtungen um und verschwand ohne Vorwarnung in dem Raum hinter der Rezeption. Im Hintergrund hörte Borowski ein leises Rascheln. Als Yildirim schließlich wieder an die Rezeption kam, zückte er eine DVD hinter seinem Rücken hervor.

»Falls Sie 'n bisschen Ablenkung brauchen?«

Borowski untersuchte die Papierhülle genauer. In der oberen linken Ecke entdeckte er drei Buchstaben, die wie eine Art Markierung aussahen: LLB. Er wusste nicht das

Geringste damit anzufangen.

»Was ist das?«, fragte er.

»Etwas, womit Sie wieder zur Ruhe kommen«, antwortete Yildirim und zwinkerte. »'n Actionfilm, wenn Sie so wollen? Wird Ihnen sicherlich gefallen.«

Borowski sah ihm in die Augen. Wickelte der Hotelangestellte hier am Tresen etwa tatsächlich krumme Geschäfte ab? Auf der anderen Seite: So, wie der Abend bisher gelaufen war, würde er heute wahrscheinlich sowieso nichts mehr über die Tatnacht erfahren. Diese Brünette hatte ihn so kalt abserviert, dass er jede Lust auf weitere Befragungen verloren hatte. Es war ihm ja nicht mal gelungen, sich bei ihr glaubhaft als Geschäftsmann auszugeben. Wäre ein bisschen Ablenkung also vielleicht gar nicht so verkehrt?

Yildirim nahm den Zwanziger, den Borowski ihm zugesteckt hatte, ließ ihn in seiner Hosentasche verschwinden und schob die Hülle über den Tresen.

»Amüsieren Sie sich.«

Borowski ließ nochmal zwei Bier anschreiben und verkroch sich nach oben aufs Zimmer.

Dort angekommen, schob er die DVD umgehend in den Player. Er brauchte allerdings einen Moment, bis er die Funktionsweise der Fernbedienung entschlüsselt hatte.

Dann erschien das Bild. Bei dem Video handelte es sich genau um das, was er erwartet hatte: Eine Privataufnahme in schäbigster Qualität. Die Kamera war vermutlich in der Deckenlampe eines kleinen Zimmers eingebaut worden, und so sah man aus der Vogelperspektive, wie eine junge, gutaussehende Blondine mit langen Beinen sich nackt auf einem Doppelbett räkelte. Ihr Gesicht, das nur schwer zu erkennen war, hatte erkennbar osteuropäische Züge. Vielleicht Tschechien? Oder Polen?

Plötzlich trat ein Mann ins Bild. Obwohl man ihn wegen der Perspektive zunächst nur von der Seite sah, schätzte Borowski ihn mit seinen grauen, gescheitelten Haaren auf Ende fünfzig, Anfang sechzig. Er schleppte eine dicke Plauze mit sich herum, und auch der Rest seines Körpers sah nicht gerade sportlich aus. Über einem Stuhl neben dem Bett hingen ein weißes Hemd, ein dunkelgraues Jackett und eine Stoffhose.

Moment mal!, dachte Borowski, als der Mann sich in dem Zimmer umsah und zur Decke blickte. Hastig griff er nach der Fernbedienung. Konnte man bei diesen DVD-Playern nicht auch immer irgendwie das Bild vergrößern?

Er suchte nach der richtigen Taste. Als er endlich den Zoom gefunden hatte, spulte er mehrmals vor und zurück, da er den richtigen Moment immer wieder knapp verpasste. Beim fünften Versuch gelang es ihm: Er pausierte die Szene genau in dem Moment, als das Gesicht des Mannes für wenige Sekunden zu sehen war.

Borowski schaltete auf maximale Vergrößerung. Da die Aufnahme immer schwammiger wurde, ging er so nah wie möglich an den Bildschirm heran. War das nicht…?

Als er erkannte, in wessen Gesicht er gerade sah, ergab schlagartig alles einen Sinn.

Wenn Sie das schreiben, werden Sie 'ne große Nummer.

Es fühlte sich an, als hätte ihm jemand den Boden unter den Füßen weggerissen.

5

Die drei Frauen standen einige Meter voneinander entfernt und stolzierten jede für sich die Straße entlang. Allesamt trugen sie schwarze Röcke, die gerade lang genug waren, um ihre Hintern zu bedecken, darüber bauchfreie Tops in Signalfarben, und Stöckelschuhe mit Pfennigabsätzen, die auf dem Kopfsteinpflaster klapperten wie Kastagnetten. Außerdem hatte jede von ihnen eine schmale Lederhandtasche dabei, in denen sie vermutlich ihren Lohn und etwas für den Notfall verstauten.

David steuerte zuerst auf die Dunkelhäutige zu. Als sie ihn sah, schenkte sie ihm ein lausbübisches Lächeln. Als wäre sie eine Verkäuferin, die ihre Ware ins Schaufenster hing, streckte sie ihm ihre Brüste entgegen. Sie schien nicht älter als Ende zwanzig zu sein.

»Na, Süßer?«, raunte sie, und kaute mit offenem Mund einen Kaugummi. »Wollen wir uns 'nen schönen Abend machen?«

David hatte sich schon auf seinem Weg hierher einen Plan zurechtgelegt.

»Entschuldigen Sie, dass ich Sie bei der Arbeit störe«, sagte er. »Ich bin auf der Suche nach meiner Schwester.«

Sie verzog das Gesicht und wich zwei Schritte zurück.

»Bist du 'n scheiß Bulle?«

»Nein, nein! Kein Grund zur Sorge.« Er bemühte sich, so wenig wie möglich nach Polizei zu klingen.

»Siehst aber aus wie einer. Und fragen tuste auch so.«

»Wie gesagt, ich suche nur nach meiner Schwester.« Er wedelte mit Oljas Foto vor dem Gesicht der Frau herum. »Sie ist verschwunden. Angeblich hat sie sich aber öfter hier in der Gegend aufgehalten?«

Während die Dunkelhäutige weiter mit offenem Mund Kaugummi kaute, untersuchte sie David mit ihrem Blick. Ein Polizist zu sein war hier wohl so ziemlich der schlimmste Vorwurf, dem man jemandem machen konnte.

»Für 'nen Zwanni guck ich's mir an«, sagte sie schließlich.

»Zehn«, verhandelte David und zauberte einen Schein aus seinem Parka. Sie streckte ihre Hand aus und schnippte mit den Fingern.

Doch schon kurz darauf gab sie das Foto wieder zurück.

»Nie gesehen.«

»Sicher?«

»Ja, sicher«, äffte sie ihn nach. »Ich merk mir die Fratzen, die hier vorbeikommen.«

Ein Mann schlenderte die Straße entlang und warf der Dunkelhäutigen einen interessierten Blick zu. Doch als er David neben ihr stehen sah, wandte er sich wieder ab. Er folgte der Straße und verschwand ein paar hundert Meter weiter auf einem Vorhof.

»Deine merk ich mir jetzt übrigens auch«, sagte sie. Das klang wie eine Drohung.

»Was ist mit Ihren...Kolleginnen?«, fragte David weiter.

»Du meinst die Schlampen da hinten?« Er nickte. »Na, frag sie doch selbst!«

Die Dunkelhäutige nahm ihre Finger zur Hilfe und pfiff so laut, dass die beiden anderen Prostituierten sich herumdrehten. Nachdem sie sich kurz ausgetauscht hatten, stöckelten sie langsam auf David zu.

Sie mussten beide etwa im selben Alter sein. Während die eine von ihnen, die kurze, wasserstoffblonde Haare hatte, einen fitten Eindruck machte, sah die Rothaarige aus, als hätte sie bereits ordentlich Druck aufm Kessel. Immer wieder knickte sie beim Gehen zur Seite weg. Ihr Gesicht war an mehreren Stellen wund und aufgeplatzt.

»Mädchen, was pfeifste hier so rum?«, fragte die Blonde. »Vergraulst noch alle mit so 'ner Scheiße!«

»Ganz ruhig, Püppi!« Die Dunkelhäutige nickte in Davids Richtung. »Der Kerl hier sucht seine Schwester. Lässt 'nen Zehner springen, wenn du dir mal ihr Foto anguckst.«

David reichte ihr Geld und Foto.

Nachdem sie das Bild eine Zeit lang stumm hin und her gewendet hatte, schüttelte sie den Kopf und gab es an die Rothaarige weiter. Die schien jedoch in der Tat völlig auf dem Mond zu sein, sodass sie nicht mal nach den zehn Euro verlangte. Während sie das Foto in der Hand hielt, baumelte ihr Kopf hin und her, als würde sie entweder gleich einschlafen, oder aber sich übergeben. Da sie auf nichts reagierte, nahm David ihr das Foto aus der Hand und verstaute es wieder in seiner Tasche.

»Haste wohl Pech gehabt, Kleiner«, sagte die Dunkelhäutige, spuckte den Kaugummi auf die Straße und steckte sich eine Zigarette an.

Dann hörte David plötzlich ein lautes Geräusch, das aus der Richtung der geparkten LKW kam: Eine zierliche Frau mit noch kürzerem Rock und einem Top im Leopardenmuster kletterte aus einem der Führerhäuschen. Unten angekommen, sah sie sich um und zupfte ihren Rock zurecht.

»Das ist Stella«, sagte die Dunkelhäutige. Sie klang, als ob schon allein der Name einen Würgereiz bei ihr verursachen würde. Auch die anderen verzogen angewidert ihre Gesichter. Sogar die Zugedröhnte, die nach wie vor von einem Fuß auf den anderen torkelte. David warf den Frauen einen fragenden Blick zu.

»Vergiss es«, sagte die Blonde. »Die Schlampe spricht mit niemandem.«

Warum ging diese Rote Socke nicht dran, wenn man sie schon mal brauchte? Borowski hatte sofort versucht, David zu erreichen. Doch es sprang nur die Mailbox an, und so hinterließ er eine Nachricht und rannte anschließend zurück in die Lobby.

Zu seiner Überraschung war Yildirim nirgends zu sehen. Dort, wo der Türke bis vor etwa einer halben Stunde noch gestanden hatte, wachte nun ein großer Schwarzer an der Rezeption. Keuchend stürmte Borowski in die Lobby.

»Kann ich helfen?«, fragte der Hotelangestellte sichtlich irritiert.

»Können Sie.« Borowski japste nach Luft. »Wo ist Ihr Kollege? Yildirim?«

»Den haben Sie knapp verpasst. Hab ihn vor fünf Minuten abgelöst. Ich bin die Nachtschicht.«

Borowski sah auf die Uhr über der Eingangstür: fünf nach neun.

»Wissen Sie, wo er hingegangen ist?«

»Nach Hause, nehme ich an.«

»Und wo genau ist das?«

Der Nachtportier wich zurück, als Borowski sich zu ihm über den Tresen beugte.

»Das darf ich Ihnen leider nicht sagen, Herr...?«

Borowski schlug mit der Faust auf den Tresen. »Wir haben jetzt keine Zeit für Geplänkel!«, fauchte er. »Rücken Sie schon raus damit!« Er fischte einen Zehner aus seinem Portemonnaie, rollte ihn zusammen und steckte ihn dem Schwarzen in die Brusttasche seiner Weste. Der Nachtportier sah ihm daraufhin eine Zeit lang reglos in die Augen.

»Warten Sie hier«, sagte er schließlich und verdrückte sich in den Raum hinter der Rezeption.

Schon kurz darauf kehrte er zurück. Als Borowski den Zettel erspähte, lehnte er sich noch weiter über den Tresen und riss dem Hotelangestellten das Papier aus der Hand.

»Ist gleich hier um die Ecke«, sagte der Schwarze und zeigte in südwestliche Richtung. »Wenn Sie sich beeilen, erwischen Sie ihn noch. Deniz haut sich nämlich meistens direkt nach der Schicht ins Bett.« Er fingerte den Schein aus der Weste und versteckte ihn in seiner Gesäßtasche. Es sah aus, als hätte er darin bereits eine gewisse Übung gehabt.

»Hey, warte doch mal!«

Stella drehte sich mehrmals herum, während sie Richtung Wolfhager Straße davonlief. Dabei hielt sie ständig eine Hand in ihrer Tasche, als ob sie jeden Moment etwas aus ihr herausholen wollte. Aber wie konnte die eigentlich auf ihren Stöckelschuhen überhaupt so schnell laufen? David beschleunigte, bis er schließlich rannte. Kurz bevor er Stella eingeholt hätte, schoss sie plötzlich zu ihm herum.

»Hau ab, Mann!«

Blitzschnell zückte sie ihr Handy aus der Handtasche, wie ein Cowboy seinen Revolver, und hielt es sich schussbereit ans Ohr. David stoppte, als wäre er vor eine Wand gelaufen.

»Ich brauch nur hier drauf drücken, dann ist Vitali dran. Der macht Hackfleisch aus dir!«

»Okay, okay.«

Er hob entschuldigend die Hände. Wer auch immer Vitali war, er war nicht besonders scharf darauf ihn kennenzulernen.

»Ich will nur mit dir reden!«

»Ich quatsch nicht mit Bullen!«

»Ich bin kein Polizist! Das hab ich schon denen da hinten erklärt.« Er drehte sich herum und zeigte auf die anderen Prostituierten, die inzwischen wieder an der Kreuzung auf und ab stöckelten.

»Mit den Schlampen red ich auch nicht.«

»Okay...«

»Wenn du kein Bulle bist, was biste denn dann?« Stella runzelte die Stirn. »Wie 'n Kunde siehste nicht aus.« Noch immer klebte ihr das Handy am Ohr.

»Ich suche nach meiner Schwester«, antwortete David. Im Zeitlupentempo holte er Oljas Foto aus der Tasche. »Zehn Euro, wenn du dir das Bild mal ansiehst und mir sagst, ob du sie kennst?«

Jetzt fing Stella an zu grübeln. So bekam David zum ersten Mal die Gelegenheit, sie genauer zu betrachten: Wegen ihrer jugendlichen Gesichtszüge und der geringen Körpergröße schätzte er sie auf höchstens zwanzig. Alles an ihr war schmal: Sie hatte dünne Handgelenke, an denen goldene Armreife klimperten, einen ebenso dünnen Hals, um den eine viel zu große Kette baumelte, und auffallend schmale Hüften. Ihre langen schwarzen Haare trug sie in einem Pferdeschwanz zusammengebunden, und auf ihrem Mund leuchtete feuerroter Lippenstift.

»Zwanzig«, sagte Stella.

David atmete erleichtert aus, als sie das Handy wieder in ihrer Handtasche verschwinden ließ.

»Fünfzehn.«

»Pf«, zischte sie. »Zwanzig, oder du kannst dein Testament machen!«

»Okay, okay!«

Er holte einen Zwanziger aus der Manteltasche und gab ihn ihr zusammen mit dem Foto. Stella steckte zuerst das Geld ein und untersuchte anschließend das Bild.

»Nie gesehen«, sagte sie nach einer Weile. Doch das Blitzen in ihren Augen verriet, dass sie nicht die Wahrheit sagte.

»Sicher?«

»Ja, Mann.«

David durchsuchte seinen Mantel nach weiteren Scheinen. Zum Glück fand er noch einen Zwanziger und ein bisschen Klimpergeld.

»Vielleicht hilft *das* deiner Erinnerung auf die Sprünge?«

Stella kam näher, schnappte wie ein Greifvogel nach dem Geld und stopfte es in ihre Handtasche.

»Ich hab die hier 'n paar Mal rumlaufen sehen«, flüsterte sie. David wurde hellhörig. Hatten sich seine Investitionen etwa doch gelohnt?

»Wie oft?«, fragte er.

»Höchstens alle zwei Wochen mal«, antwortete Stella. »Hab mich immer gefragt, was genau die hier eigentlich wollte.«

»Du meinst, sie war also nicht hier, um…?«

»Um Perversen den Schwanz zu lutschen?« David wich wegen dieser obszönen Äußerung erschrocken zurück. »Doch, ich glaub schon.«

»Du glaubst?«

»Na ja, am Anfang war ich mir da nicht so sicher«, erklärte Stella. »Normalerweise sieht man die Schlampen ja immer mit irgendwem mitgehen und so.«

»Aber sie ist mit niemandem mitgegangen?«

Stella schüttelte den Kopf.

»Und wieso glaubst du dann, dass sie trotzdem...? Du weißt schon.«

»Na, wegen dem Van.«

Plötzlich pumpte Davids Herz wie die Feuerwehr. Hatte sie gerade wirklich etwas von einem *Van* gesagt? Er versuchte, sich seine Aufregung nicht anmerken zu lassen.

»Was denn für 'n Van?«

»So 'n Van halt«, antwortete Stella. »Mit Schiebetüren und so. War ganz schön abgefuckt, das Teil. Na ja, jedenfalls ist die da immer eingestiegen.«

»Kannst du dich an die Farbe erinnern?«

»Mann, was weiß ich!« Stella tanzte jetzt wie eine Stepperin auf der Stelle herum. Ihr schien das alles viel zu lange zu dauern. »Silber, glaub ich.«

Aus dem Augenwinkel sah David, dass auf der gegenüberliegenden Straßenseite ein korpulenter Mann mittleren Alters auf sich aufmerksam machte.

»Hast du dich mal mit ihr unterhalten?«

»Ich sag doch, ich red nicht mit anderen Schlampen.« Stella wandte sich ab und gab dem Mann ein Handzeichen. »Also, ich zisch dann jetzt mal ab«, sagte sie.

Dann überquerte sie unter den taxierenden Blicken ihres nächsten Kunden die Straße.

Borowski verließ das Hotel in Richtung Innenstadt. Zuerst hatte er überlegt, auch in die Schillerstraße zu gehen, um David von dem Video zu erzählen. Aber wenn er dem Nachtportier Glauben schenken konnte, stand ihm nur noch ein schmales Zeitfenster zur Verfügung, um Yildirim zu Hause anzutreffen. Also würde er sich besser erst danach auf die Suche nach Mao begeben. Er musste unbedingt herausfinden, ob dieses Schwein noch mehr von solchen Videos auf Lager hatte!

Denn was, wenn Yildirim nicht nur aufgezeichnet hatte, wie Olja es mit ihren Kunden trieb? Was, wenn er auch Videos aus der Mordnacht besaß? Konnte man darauf möglicherweise sogar den Täter erkennen? Als wäre das, was er soeben erfahren hatte, nicht schon brisant genug gewesen!

An Wettbüros, Dönerläden und einer Shisha-Bar vorbei, folgte Borowski der Straße bis zur Hauptpost. Hier bot sich ihm ein Bild, wie es für den Stadtteil Nord-Holland typisch war: heruntergekommene Wohnhäuser, islamische Kulturzentren noch und nöcher, und auf offener Straße geführte Drogengeschäfte. Kurz: Der Vorhof zur Multi-Kulti-Hölle.

Das Haus, in dem der Hotelangestellte wohnte, reihte sich da nahtlos ein. Als Borowski die Namen *Olujimi/Yildirim* auf dem Schild las, klingelte er solange Sturm, bis der Summer ertönte.

Der Türke, der nur mit Boxershorts und Unterhemd bekleidet war, empfing ihn an der Wohnungstür. Auf seine Frage, was zum Teufel er hier eigentlich zu suchen habe, reagierte Borowski nicht. Stattdessen schob er Yildirim mit beiden Händen in die Wohnung zurück und warf hinter ihnen die Tür zu. Dann stieß er den Hotelangestellten wuchtig in die Küche und nagelte ihn auf einem Plastikstuhl fest.

»Mann, was geht denn mit Ihnen ab?« Yildirim machte ein Gesicht, als säße er im falschen Film. »Scheiße, sind Sie nicht der ausm Hotel?«

»Verdammt richtig, Kollege!« Borowski baute sich in der Türschwelle auf und verschränkte die Arme.

Jetzt schien dem Türken langsam ein Licht aufzugehen. Mehr und mehr entspannten sich seine Gesichtszüge.

»Ah, ich verstehe! Sie sind wegen dem Video hier, hmh?« Borowski nickte. »Sie können einem 'ne scheiß Angst einjagen, Mann.«

»Und, haste noch mehr davon?«

»Hat Sie wohl scharf gemacht, das Langbein?« Yildirim lächelte schelmisch. »Kommt drauf an, was Sie so rüberwachsen lassen?«

Langsam macht mich dieser Scheißkerl wütend!, dachte Borowski. Aber wenn das nun mal der schnellste Weg war: Er griff nach seinem Portemonnaie, holte einen...

Yildirim schien das Problem bereits an seinem Gesichtsausdruck zu erkennen.

»Abgebrannt, he?«

Plötzlich schoss Borowski ein Gedanke durch den Kopf. Warum war er eigentlich nicht schon früher darauf gekommen?

»Was mich interessiert, du Made...«, sagte er. »Weiß eigentlich das Hotel von deiner kleinen…Nebentätigkeit?«

Mit einem Mal entglitten Yildirim alle Gesichtszüge.

»Hey, Mann, das —«

»Spielst gerne Regisseur, was?«

»Hören Sie, ich —«

»Und was erst die Polizei dazu sagen wird!«

»Okay, okay!«

Yildirim senkte den Kopf. Er sah jetzt aus wie ein reuiger Teenager, der von seinem strengen Vater eine Tracht Prügel erwartete.

»Ich brauch den Job, verstehen Sie?«

»Ist mir scheißegal!«, brüllte Borowski. »Ich will die Videos, und zwar gestern!«

Yildirim nickte zaghaft.

Nach einer Weile stand er auf, öffnete den Schrank über der Spüle und kramte in einer der Ecken herum. Dann zog er einen Stapel Papierhüllen hervor und warf sie auf den Küchentisch. Borowski fiel beinahe die Kinnlade herunter.

Das mussten mehr als zwanzig Videos sein!

Bis auf die Tatsache, dass Stella vielleicht sogar denselben Van gesehen hatte, mit dem Olja manchmal in der Schillerstraße abgeholt worden war, hatte David nicht wirklich viel Neues erfahren. Dabei hatte er sich von den Gesprächen erheblich mehr erhofft; vor allem natürlich detaillierte Informationen über studentische Prostitution. Doch die Frauen hatten sich nicht gerade als Plaudertaschen erwiesen, und wenn er überhaupt etwas von ihnen erfahren wollte, hätte er sich jede Antwort teuer erkaufen müssen. Eine solide Internetrecherche würde ihn da erheblich günstiger kommen, und so trat David umgehend den Heimweg über den Hauptbahnhof und die Friedrich-Ebert-Straße an.

Zu Hause setzte er sich umgehend an den PC. Google spuckte unzählige Ergebnisse zu seiner Suchanfrage aus. Die seriösesten Einträge waren verschiedene Artikel aus diversen Tages- und Wochenzeitungen sowie ein Interview mit zwei Betroffenen.

Immer wieder stieß David beim Lesen auf eine Studie aus dem Jahr 2011, die an mehreren europäischen Universitäten durchgeführt worden war. Sie hatte überraschende Ergebnisse zu Tage gebracht: Insgesamt waren zwar „nur" vier Prozent in dem Milieu tätig. Doch dort einmal zu arbeiten, konnte sich dahingegen sogar ein Viertel aller Studierenden vorstellen. Männer und Frauen waren gleich häufig vertreten, was sogar die Wissenschaftler verblüfft hatte, die von einem weitaus höheren Frauenanteil ausgegangen waren. Ein Drittel der Betroffenen gab hohe Verschuldung als Begründung an, wohingegen die restlichen zwei Drittel andere Dinge für maßgeblich hielten: Sehnsucht nach schnellem Geld, hoher Stundenlohn, Abenteuerlust. Manche taten es auch einfach nur aus Freude am Sex.

Besonders interessant erschien David allerdings das Interview. Darin erzählte ein Studentin, die anonym bleiben wollte, dass sie durch die Annonce eines Nachtclubs, die zunächst harmlos geklungen habe, aufmerksam geworden sei. Im Gegensatz zu „klassischen" Prostituierten habe sie sich aber nur sehr selten in Bordellen aufgehalten. Stattdessen kontaktiere sie ihre Kunden meistens über soziale Netzwerke und spezielle Internetportale. Würde David auf diesen Seiten womöglich auch mehr Informationen über Olja erhalten?

Beim Lesen überkam ihn jedoch nach und nach eine bleierne Schwere. Mehrmals schreckte er auf, weil er kurz eingenickt und sein Kopf vornüber auf seine Brust gefallen war.

Als er plötzlich das schrille Geräusch seiner Klingel hörte, war er mit einem Mal wieder hellwach.

In der Schillerstraße war von Mao weit und breit nichts zu

sehen. Als Borowski schließlich eine Prostituierte fragte, die vor seiner Nase herumtanzte und dabei ihre Preisliste runterbetete, rollte sie mit den Augen.

»Ja, 'n Typ im Parka hab ich gesehen«, antwortete sie. »Ist mir ganz schön auf die Nerven gegangen. Und 'nen Kunden hab ich auch verloren wegen dem Scheißkerl.«

»Wissen Sie, wo er hin gegangen ist?«

»Pf, was weiß ich?« Sie rümpfte die Nase und winkte ab. »Ist vor 'ner Viertelstunde abgezischt.«

Borowski bedankte sich knapp.

Dann ging er zum Hotel zurück, fuhr zu Davids Adresse im Stadtteil Vorderer Westen und parkte seinen Passat vor der Herkulesschule. Er staunte nicht schlecht, als er vor dem weißen, dreistöckigen Jugendstilhaus stand. Wie um alles in der Welt konnte sich die Rote Socke denn *hier* eine Wohnung leisten?

Er klingelte und wartete auf den Summer. David begrüßte ihn an der Wohnungstür.

»Hatten Sie Sehnsucht nach mir?«

»Wofür haste eigentlich 'n verdammtes Handy, wenn es sowieso immer aus ist?«, schnauzte Borowski und schob sich an ihm vorbei.

In der Wohnung sah es aus wie ausgeraubt. Schon der Flur wirkte nicht gerade einladend und versprühte einen äußerst kargen Eindruck. Nicht ein einziges Bild hing an den Wänden, und als Borowski einen Blick in einen der Räume warf, entdeckte er außerdem so gut wie keine Möbel. Mit Ausnahme eines überdimensionierten Regals, das im Wohnzimmer thronte und vor lauter Büchern überquoll.

»Wohl grad erst eingezogen, was?«

David schüttelte den Kopf.

»Ich wohne schon seit 'n paar Jahren hier.« Er nippte an einem Glas Orangensaft und wischte sich anschließend mit einer Hand den Mund ab. »Aber noch mal zurück zum Anfang: *Was* wollen Sie eigentlich hier? Hab ja generell nichts gegen späte Stunden, aber: Haben Sie mal auf die Uhr geguckt?«

Borowski nickte. Das hatte er: Es war viertel vor elf.

»Hast du 'nen DVD-Player?«

»Ob ich…? Was?« In Davids Augen blinkten mehrere Fragezeichen auf. »Sie sind ja witzig.« Wieder nippte er an seinem Glas und zeigte damit anschließend auf die gegenüberliegende Seite des Flurs. »Im Wohnzimmer.«

Borowski schob sich an ihm vorbei in den Raum. Nachdem er den Flatscreen ausfindig gemacht hatte, nahm er die DVD aus der Hülle, legte sie in den Player ein und drückte auf der Fernbedienung herum. Als nun wieder das Bett zu sehen war, auf dem sich die Blondine mit den langen Beinen räkelte, sah David ihn irritiert an.

»Jetzt komm schon her!«, befahl Borowski. »Und sieh genau hin!«

Zunächst stand Mao da wie festgewachsen. Doch dann beugte er sich vor und ging so nah wie möglich an den Bildschirm heran. Als er erkannte, wer sich da auf dem Bett herumlümmelte, wich er zwei Schritte zurück.

»Scheiße!«, fluchte er. »Das ist doch…«

Borowski nickte. »Es kommt noch besser.«

Er spulte vor, bis der nackte Mann, der zwischendurch ins Bild getreten war, sein Gesicht zur Kamera drehte. Diesmal erwischte er gleich beim ersten Mal im richtigen Moment der Pausenknopf.

Das Bild erstarrte. Genau wie David, der reglos den

Bildschirm fixierte.

»Wer ist das?«, fragte er. Offenbar hatte er den Hauptdarsteller noch gar nicht erkannt.

Wer das ist?, dachte Borowski. Das werde ich dir verraten…

TEIL ZWEI

Das Heulen der Wölfe

6

David glaubte seinem Mentor kein Wort. Wollte der Stinkstiefel ihm etwa wirklich weismachen, dass es sich bei dem Mann auf dem Video um den Regierungspräsidenten handelte?

Er holte seinen Laptop aus dem Arbeitszimmer und gab den Namen *Gustav Rosenberg* bei Google ein. Die Suchmaschine spuckte ihm sofort ein Foto von einer Pressekonferenz aus, auf dem das Gesicht des Politikers gut zu erkennen war. Es bestand überhaupt kein Zweifel: dasselbe volle Gesicht, derselbe Schnauzbart, derselbe strenge Seitenscheitel, dasselbe ausgeprägte Doppelkinn und sogar dieselbe randlose Brille.

»Wie ich sehe, haut's dich genauso aus den Schuhen wie mich«, sagte Borowski.

David war sprachlos. Bisher hatte er Stellas Informationen schon für brisant gehalten. Doch das, was der Stinkstiefel ihm da auftischte, stellte alles in den Schatten!

»Wie sind Sie da rangekommen?«, fragte er. »Ich meine...was...wer...?« Ihm fehlten die Worte.

»Nun, wie soll ich sagen? Der Nachtportier hat sich damit 'n bisschen seinen schmalen Lohn aufgepäppelt«, erklärte Borowski.

Eine Zeit lang verfolgten sie gebannt die Geschehnisse auf dem Bildschirm. Rosenberg stieg zu Olja ins Bett, und als sie schließlich anfing, ihn oral zu befriedigen, verzogen sie angewidert ihre Gesichter. Der Stinkstiefel hielt das Video an.

»Der Typ hat's mir vertickt, als ich an der Rezeption saß.«

»Der verkauft das Zeug an die Gäste?« David konnte schon wieder nicht fassen, was er da hörte. »Ist der wahnsinnig?«

Borowski zuckte mit den Schultern.

»Hat wahrscheinlich einfach nicht damit gerechnet, dass man mal irgendeine Sau darauf erkennt.« Er kramte in seiner Hemdtasche herum und warf David einen Stapel Papierhüllen vor die Füße.

»Ich glaub's nicht! Von der Scheiße gibt's noch mehr?«

»Hmh-hmh«, brummte Borowski. »Unser Möchtegern-Spielberg hatte 'ne halbe Videothek im Küchenschrank. Hat geheult wie 'n Waschweib, als ich ihm auf den Zahn gefühlt hab.«

David konnte sich diese Szene lebhaft vorstellen.

»Und jetzt?«

»Na, wir kämpfen uns da durch!«

»Um zu sehen, wer es außer Rosenberg noch so mit Olja getrieben hat, oder was?«

»Mensch, Mao! Streng doch mal dein rotes Köpfchen an!« Borowski schloss die Augen und legte zwei Finger an die Schläfen. David brauchte jedoch einen Moment, bis er verstand, auf was der Stinkstiefel hinauswollte. Was für eine hervorragende Idee! Warum war er eigentlich nicht selbst darauf gekommen?

»Sie meinen die Mordnacht?«

Borowski öffnete wieder die Augen und grinste über das ganze Gesicht. Während er auf den Haufen vor ihren Füßen zeigte, schien seine stolzgeschwellte Brust fast zu platzen.

»Also los, Mao! Ran an den Speck!«

Nachdem sie alle DVDs im Schnelldurchlauf angesehen hatten, schaltete Borowski den Fernseher aus. Das Erlöschen des Bildschirms erlöste ihn von den zahllosen, verstörenden Eindrücken. Er sah zu David herüber, der mit apathischem Blick dastand und vor sich hin starrte.

Das mussten also die brisanten Informationen sein, die Olja seinem Kollegen hatte verkaufen wollen! Ganz offensichtlich war sie bereit gewesen, Thomas von ihrer Affäre mit dem Regierungspräsidenten zu erzählen.

Trotzdem hatte Borowski sich mehr von den Videos erhofft. Im besten Fall natürlich einen Hinweis auf den Mörder. Doch bis auf die Erkenntnis, dass Olja mit Ausnahme von Rosenberg in der Regel mit völlig unwichtigen Personen geschlafen hatte, und die Tatsache, dass der Regierungspräsident ein lausiger Liebhaber war, gaben die Videos so gut wie nichts her. Die Mordnacht tauchte gar nicht erst auf, was entweder hieß, dass von ihr keine Aufzeichnungen existierten, oder aber, dass die Made Yildirim sie aus Angst vor der Polizei bereits vernichtet hatte.

Theoretisch hätte demnach also jeder Kunde auf den Videos der Täter sein können - auch Rosenberg! Was das für seine Karriere bedeuten würde, brauchte sich Borowski gar nicht lange auszumalen. Dass er irgendwann mal auf die Spur einer so brisanten Story kommen würde, hätte er sich nicht mal in seinen feuchtesten Journalistenträumen ausgemalt.

Aber warum sollte der Regierungspräsident die Studentin umgelegt haben? Hatte er sie vielleicht wegen ihres Kontakts mit Borowskis Kollegen zur Rede gestellt? Möglicherweise war das Gespräch außer Kontrolle geraten, und Rosenberg waren einfach die Sicherungen durchgebrannt.

War vielleicht sogar *er* der mysteriöse Mann gewesen, der die Familie seines Kollegen terrorisiert hatte? Eine schier unglaubliche Vorstellung.

»Wollen Sie was trinken?«, fragte David plötzlich, nachdem die beiden eine Weile geschwiegen hatten.

»Mit 'nem kühlen Bier kannste mir wohl nicht dienen?« Mao schüttelte den Kopf. »Dann nehme ich ein Wasser. Was dagegen, wenn ich mich solange mal umgucke?«

»Tun Sie sich keinen Zwang an.«

Borowski schätzte, dass die Altbauwohnung etwa siebzig Quadratmeter groß war. Die Kombination aus hohen Wänden und dem dunklen Dielenfußboden verlieh ihr trotz der fehlenden Dekorationen eine gewisse Gemütlichkeit. Im Wohnzimmer, wo außer dem Bücherregal nur noch der Fernseher, eine abgewetzte Couch und eine zum Tisch umfunktionierte Holztruhe standen, hatte Borowski sich zuerst einen Eindruck verschafft.

Dann setzte er seinen Rundgang fort und kam ins Arbeitszimmer. Auch hier waren die Wände jungfräulich geblieben, sodass ein kleines Fenster, durch das man auf den Hof schaute, und eine altmodische Stehlampe die einzig erwähnenswerten Dinge darstellten. Im Schlafzimmer stellte Borowski schließlich fest, dass Mao noch nicht einmal ein Bettgestell besaß. Ohne Lattenrost kauerte die Matratze nackt auf den Dielen.

»Stehst wohl nicht so auf Bilder und Möbel und das ganze Zeug?«, fasste er seine Eindrücke zusammen, als David das Wasser brachte. »Aber wie kannste dir die Butze eigentlich leisten? Eltern?«

Mao schüttelte den Kopf.

»Die haben genügend eigene Probleme. Schuften sich

beide den Buckel krumm und sind froh, wenn am Ende des Geldes nicht mehr so viel Monat übrig ist. Meistens arbeiten sie zwischen fünfzig und sechzig Stunden die Woche.«

»Und kommen damit trotzdem nicht aufn grünen Zweig?«

»Bei acht oder neun Euro die Stunde?« David kippte den Rest seines O-Safts herunter. »Mein Vater ist Lagerist. Mal hier, mal da angestellt. Meistens für irgendwelche Zulieferefirmen.«

»Und deine Mutter?«

»Schrubbt sich als Putzfrau die Hände wund. Und wenn man dann zu Hause neben dem eigenen auch noch andere Mäuler stopfen muss, wird's nun mal verdammt eng im Portemonnaie.«

Jetzt wurde Borowski langsam klar, warum aus Mao ein Roter geworden war. Indem seine Eltern sich mit Knochenjobs abschufteten und dennoch kaum über die Runden kamen, hatte er ja fast gar keine andere Wahl gehabt.

»Und wo kriegste dann die Kohle her? Kostet doch bestimmt 'n Vermögen, die Miete?«

»Knapp achthundert warm.«

»Und die nimmst du…woher?«

Mao nickte zum Arbeitszimmer.

»Online-Poker.« Borowski schüttelte irritiert den Kopf. »Na, ich stehe jeden Morgen um sechs auf und spiele Poker.«

Wollte diese Rote Socke ihn eigentlich verschaukeln? Ein Linker, der anderen beim Zocken das Geld aus der Tasche zog? Marx hätte sich so oft im Grabe umgedreht, dass ihm kotzübel geworden wäre.

»Damit kannst du dir die Miete finanzieren?« David

nickte. »Wie viel machste denn so im Monat?«

»Meistens so um die zwei Mille«, antwortete er. »Den Rest gebe ich dann meinen Eltern.«

Borowski staunte. Er selbst war schon mit fünfzehn zu Hause ausgezogen; so früh wie irgend möglich. Von da an war er dann nur noch seinen eigenen Weg gegangen. Solange seine Eltern gelebt hatten, war ihr Kontakt bestenfalls flüchtig gewesen und hatte sich auf standardisierte Grußkarten an Feier- und Geburtstagen beschränkt. Nie wäre er auch nur auf den Gedanken gekommen, ihnen etwas von seinem hart verdienten Geld abzugeben.

»Auch wenn ich nicht glaube, dass ausgerechnet jemand wie *Sie* Eltern hat«, sagte David und zwinkerte. »Aber was ist mit Ihnen?«

»Sind gestorben«, antwortete Borowski. »Mit denen wärst du aber wahrscheinlich sogar besser klar gekommen als ich. Waren schon so verfluchte Achtundsechziger, bevor es dieses Unwort überhaupt gegeben hat.«

»Sie meinen, ihre Eltern waren…?«

»Hippies, Blumenkinder, oder wie auch immer du das nennen willst.«

David prustete los. Als er jedoch bemerkte, dass Borowski bei diesem Thema überhaupt nicht zum Lachen war, beruhigte er sich wieder und deutete schließlich auf das Wohnzimmer.

»Also, was machen wir jetzt?«

Borowski rollte mit den Augen.

»Woher soll ich das schon wieder wissen?«

»'ne Nacht drüber schlafen?«, schlug Mao vor. »Ich für meinen Teil habe für heute jedenfalls genug Action gehabt.«

David wischte sich den Schweiß von der Stirn.

Schon wieder hatte er einen Flush übersehen! Ein deutliches Zeichen, dass sein Tilt heute bereits früher gekommen war als sonst. Wie konnte ihm nur ein solcher Fehler unterlaufen? Bei all dem Wissen, das er sich in den Jahren über Texas Hold'em angelesen, und der ganzen Erfahrung, die er seitdem gesammelt hatte.

Schon im ersten Semester war er dahintergekommen, sich das Studium mit Online-Poker zu finanzieren. Damals hatte ihm ein Kommilitone erzählt, dass er sich regelmäßig ein paar Taler im Internet dazuverdiente. Noch am selben Tag war David durch die städtischen Buchhandlungen gezogen und hatte die Regale geplündert. Er brauchte einige Wochen, bis er die Grundlagen verinnerlicht hatte.

Nachdem er sich anschließend auf der größten Homepage für Online-Poker registriert hatte, zahlte er zunächst kräftig Lehrgeld. Nach dieser Durststrecke strich er jedoch erste Gewinne ein. Mit der Zeit stiegen seine Einnahmen immer weiter, bis diese irgendwann mehrere hundert Euro betrugen. David sammelte weiter Erfahrung und verbesserte seine Fähigkeiten. Natürlich gehörte er nie zu den Größten der Szene, wie ein Jason Mercier, Jake Cody oder Luca Pagano, die regelmäßig an den High-Stakes-Tischen riesige Gewinne absahnten. Immerhin war er jedoch schon so gut geworden, dass er jeden Monat bis zu zweitausend Euro mitnahm.

Das frühe Aufstehen war dabei bisher nie ein Problem für ihn gewesen. Die Tatsache, dass er außerdem wie im Zölibat lebte, stellte sich immer wieder als riesiger Vorteil heraus. Man brauchte einen klaren Kopf, wenn man vier bis fünf Stunden täglich an mehreren Tischen gleichzeitig spielte. Aufmerksamkeit war das höchste Gut, denn mit Talent oder gar Glück hatte das alles wenig zu tun. Wichtig waren exakte Wahrscheinlichkeitsrechnungen, ein sauberes Spiel und gutes Bankroll-Management.

Doch an diesem Morgen war alles anders. Weil Borowski erst kurz vor Mitternacht gegangen war und David die Erlebnisse des Tages nicht sofort aus seinem Kopf hatte verbannen können, fühlte er sich diesmal, als hätte man ihm einen Sack Schrauben vor den Kopf gehauen.

Dass Borowskis Eltern Hippies waren, hatte ihn überrascht. Dennoch erklärte es aber auch einiges, denn einfach so war sein Mentor ja sicher nicht zu diesem unerträglichen Stinkstiefel geworden. Nun hatte er eine ungefähre Vorstellung davon, warum Borowski gegen alles, das nach einem alternativen Lebensentwurf roch, so radikal zu Felde zog.

Wegen des Schlafmangels hatte David an diesem Morgen allerdings die Konzentrationsfähigkeit einer Fruchtfliege. Er verlor einen Pot nach dem anderen. Wieso hatte er das alles nicht kommen sehen? Sogar das Glück, auf das man sich als professioneller Spieler eigentlich nicht mal für eine Sekunde verlassen durfte, meinte es überhaupt nicht gut mit ihm.

Dann kam plötzlich ein neuer Spieler an seinen Tisch. *Easy_Boy* ging ran wie ein Matrose auf Landgang. Noch vor dem Flop warf er weitere zwölf Euro in den Pot. Als David, der mit Herz-Zehn und Karo-Acht startete, callte, um den Flop zu sehen, sprangen drei andere Spieler sofort vom Boot. Mit ihm und dem Neuen waren also nur noch zwei weitere am Tisch.

Jetzt wurden die ersten drei Karten aufgedeckt: Herz-Ass, Pik-Dame und Kreuz-König. David spekulierte auf einen Straight. Der Neue spielte weiter aggressiv und entschied sich erneut für einen Raise, sodass nun auch noch die anderen beiden Spieler ausstiegen.

Der Turn brachte eine Kreuz-Sieben. Easy_Boy setzte sein forsches Spiel fort und erhöhte weiter fleißig. David callte.

Zum Schluss holte der River eine Kreuz-Dame ins Spiel. Der Neue erhöhte ein letztes Mal, und David ging wieder mit.

Es kam zum Showdown: Easy_Boy hatte einen Straight auf der Hand. Das Blatt, auf das David spekuliert hatte: Karo-Zehn, Herz-Bube, Pik-Dame, Kreuz-König und Herz-Ass. Der Neue strich den Pot ein, und damit hatte David genau achtundvierzig Euro verloren.

Doch die Erkenntnis, die er daraus gewonnen hatte, war um einiges wertvoller. Er hatte investiert um zu sehen, was Easy_Boy für ein Spielertyp war. Sein Verhalten sprach dafür, dass er nach der so genannten *Continuation Bet*-Strategie spielte: Indem man die anderen Spieler durch aggressives Erhöhen in jeder Phase des Spiels ständig unter Druck setzte, zwang man sie somit nach und nach zum Aussteigen.

In den folgenden Partien beobachtete David den Neuen weiter aufmerksam, während er sich mit seinen eigenen Einsätzen zurückhielt. Nur wenige Runden später hatte er eine entscheidende Beobachtung gemacht. Easy_Boy beging einen typischen Anfängerfehler: Sein Spiel variierte nicht. Er spielte immer nur dann seine Strategie, wenn er bereits mit guten Pre-Flop-Karten ins Spiel gestartet war. Ansonsten stieg er sofort aus. So machte er sich berechenbar, und das war einer der größten Fehler, die es beim Poker gab.

Jetzt, da David ihn durchschaut hatte, war er also fällig. Nun würde er ihn rupfen und ausnehmen wie eine Weihnachtsganz!

Er wartete, bis Easy_Boy wieder sein aggressives Spiel aufzog. Er selbst hatte Karo-Zwei und Karo-Acht auf der Hand. Da diesmal auch die anderen Spieler callten, wuchs der Pot schnell an.

Der Flop deckte Karo-Bube, Karo-Sieben und Pik-Vier auf. Die Wahrscheinlichkeit auf einen Flush war also gar nicht so gering. Easy_Boy legte wieder los wie die Feuerwehr, und alle Spieler am Tisch gingen mit. Es sah ganz danach aus, als hätten nun auch die anderen verstanden, wie der Hase lief.

Der Turn brachte ein Herz-Ass, und wieder erhöhte der Neue kräftig, während die anderen seine Einsätze callten.

Mit dem River kam schließlich Davids erhoffte Karo-Dame ins Spiel. Easy_Boy, der jetzt allem Anschein nach seine Poker-Chips davonschwimmen sah, ging *All In*, um zu retten, was noch zu retten war. Es gelang ihm, denn plötzlich bekamen die anderen Spieler kalte Füße.

Bis auf David. Er callte, und nun lagen siebenhundertzweiundneunzig Euro im Pot.

Showdown! Easy_Boy ließ die Hosen runter: Zwei Paare. Herz-Damen und Pik-Vieren. Das erste musste er bereits Pre-Flop auf der Hand gehabt haben, während das zweite wohl erst später dazugekommen war.

Dann zeigte David seine Karten: Karo-Zwei, Karo-Sieben, Karo-Acht, Karo-Bube und Karo-Dame. Ein lupenreiner Flush.

Wie gut es sich doch immer wieder anfühlte, wenn eine Strategie so gnadenlos aufging! Wie ein Jäger hatte David sich auf die Lauer gelegt. Hatte sein Wild beobachtet, genau gezielt und im richtigen Moment abgedrückt.

Auf seinem Gesicht breitete sich ein Lächeln aus. Zufrieden notierte er den Gewinn, loggte sich anschließend aus und gönnte sich zur Feier des Tages ein ausgiebiges Frühstück.

Dann schwang er sich aufs Rad und fuhr in die Redaktion.

Als Borowski aufwachte, fühlte er sich brummiger als ein Grizzlybär. Eine lange, qualvolle Nacht lag hinter ihm, in der er sich eine gefühlte Ewigkeit von einer Seite zur anderen gewälzt hatte. Das, was Mao und er gestern herausgefunden hatten, lies ihn einfach nicht mehr los.

Natürlich kannte er Rosenberg nicht besonders gut. Aber während dessen Zeit als Abgeordneter im Landtag hatte er durchaus das eine oder andere Interview mit ihm geführt. Jedes Mal war ihm der heutige Regierungspräsident wie ein bodenständiger Mensch vorgekommen, dem etwas an wirtschaftsfreundlicher Politik gelegen hatte. Diese Sache mit der Studentin hätte Borowski ihm niemals zugetraut.

Aber was, wenn Rosenberg auch nur das Geringste mit dem Mord zu schaffen hatte? Das wäre in der Tat ein Skandal, dessen Ausmaße er sich noch gar nicht ausmalen konnte.

Am nächsten Morgen nahm Borowski eine kalte Dusche und setzte sich anschließend zu Carola an den Frühstückstisch. Da sie Hausfrau war und schon seit Jahren keinem Beruf mehr nachging, stand sie regelmäßig mit ihm auf und deckte den Tisch. Anna und Tim hatten Schulferien und schliefen deshalb noch tief und fest. Während seine Frau von ihren Tagesplänen erzählte, schweiften Borowskis Gedanken immer wieder ab: zu Rosenberg, dem Video, zu Olja...und zu *ihr*.

Sollte er von hier aus direkt in die Redaktion aufbrechen? Oder würde er *ihr* nach dem Frühstück lieber noch einen kurzen Besuch abstatten?

Mit einem Mal empfand er große Lust, sie zu sehen. Doch ob sie überhaupt zu Hause war, wusste man bei ihr nie so genau. Manchmal jagte sie sich ja sogar unter der Woche die Nächte um die Ohren, und wenn Borowski sie dann am nächsten Tag besuchte, blieb ihm nichts weiter zu tun, als ihr die Haare zu halten, während sie die Toilettenschüssel umarmte.

Bei diesem Gedanken grinste er stumm in sich hinein.

An diesem Morgen würde er sein Glück versuchen.

Keine Frage, der Plan war riskant. Es gab keine Garantie, dass auch wirklich niemand zu Schaden kommen würde.

Doch er musste ein Zeichen setzen. *Denen* zeigen, dass sie nicht einfach so weitermachen konnten.

Bis vor kurzem hätte er sich selbst niemals zugetraut, einen anderen Menschen zu gefährden. Aber hatten *die* sich jemals für die Gesundheit der anderen interessiert?

Also blieb ihm gar keine Wahl. *Denen* war nur noch mit solchen Mitteln beizukommen. Schließlich hatte er ja alles versucht. Hatte geredet und verhandelt, geredet und verhandelt. Aber *die* interessierte immer nur ihr Profit.

Sie waren es, die sein Leben zerstört hatten! Die diese Gerüchte in die Welt gesetzt hatten, die ihn seitdem verfolgten wie Dämonen. Sie hatten alles ins Rollen gebracht. Wenn es *sie* nicht gegeben hätte, müsste er heute keine ungelesenen Briefe aus dem Briefkasten holen, und würde immer noch dem Beruf nachgehen, für den er sich geboren fühlte. Wer sonst sollte das mit dem Mädchen eingefädelt haben? Das konnten nur *sie* gewesen sein.

Doch die Zeit für seine Rache war gekommen.

Schon bald würde er seinen Plan in die Tat umsetzen.

Da stimmte doch etwas nicht!

Als Borowski zur Konferenz um halb zehn noch nicht in der Redaktion war, hatte David sich noch keine Sorgen gemacht. Naumann hingegen war da schon ganz anderer Meinung gewesen, und als der Stinkstiefel um halb zwölf schließlich immer noch nicht an seinem Platz saß, glaubte nun auch David, dass etwas passiert sein musste.

Zunächst versuchte er, ihn auf dem Handy zu erreichen. Da allerdings nur die Mailbox antwortete, ließ er sich die Festnetznummer des Stinkstiefels geben. Es klingelte, bis sich die warme, herzliche Stimme seiner Frau meldete.

»Ich bin der Praktikant«, stellte David sich vor.

»Oh, das tut mir Leid!«, sagte Carola Borowski. »Klaus hat mir gar nichts von Ihnen erzählt?« In ihrer Stimme lag aufrichtiges Bedauern. »Sind Sie schon länger in der Redaktion?«

»Seit gestern.«

»Na, dann bringen Sie wohl ein bisschen frischen Wind in den Laden?«

»Hmh-hmh.«

»Den kann mein Mann gut gebrauchen.« Ihr Lachen klang genauso freundlich wie ihre Stimme. »Klaus ist direkt nach dem Frühstück losgefahren. So gegen halb neun, glaube ich.«

»Wissen Sie, wo er hin wollte?«

»Sie sind mir ja vielleicht 'n Witzbold! Zur Arbeit natürlich.«

Doch plötzlich schien sie zu begreifen. Nicht nur Davids Anruf, sondern auch sein Schweigen mussten sie schlagartig überzeugt haben, dass etwas nicht in Ordnung war.

»Ist...etwas passiert?«, fragte sie nun mit zittriger Stimme. »Hat das etwas mit heute Morgen zu tun? Beim Frühstück ist er schon so komisch gewesen.«

»Nein, nein, es ist alles gut«, versuchte David sie zu beruhigen. An ihrer Stelle hätte er sich selbst jedoch kein einziges Wort geglaubt. »Wahrscheinlich wird er dann gleich hier auftauchen. Möglicherweise hatte er ja noch einen Außentermin, von dem er niemandem erzählt hat? Ist ja nicht gerade ein offenes Buch, Ihr Mann.«

Der Witz verfehlte seine Wirkung nicht. Er schien Borowskis Frau hörbar die Angst zu nehmen, und ihre Stimme klang nun wieder so ruhig und besonnen wie am Anfang. Gerade als David sich verabschieden wollte, kam sie ihm zuvor.

»Wieso besuchen Sie uns nicht mal? Zum Abendessen?«

»Ich glaube nicht, dass Ihrem Mann das Recht wäre.«

»Das lassen Sie mal meine Sorge sein«, antwortete sie. »Der freut sich. Auch wenn man es ihm manchmal nicht so ansieht.«

Nachdem Borowski die Autobahn nach Niederzwehren genommen hatte, parkte er wieder gegenüber des Hauses, in dem sich *ihre* Wohnung befand.

»Hätteste dich nicht anmelden können?«, fragte sie durch

die Gegensprechanlage.

»Nun mach schon auf!«, neckte er zurück. »Ich wollte dich nun mal sehen.« Der Summer ertönte, und dann stampfte er nach oben ins Dachgeschoss. Sie empfing ihn im Morgenmantel.

»Bin gerade erst ausm Bett gefallen.«

Borowski küsste sie auf die Stirn. Obwohl es für ihn schon das Zweite an diesem Morgen war, stimmte er ihrem Frühstücksangebot zu.

Wie jedes Mal, wenn er sie ansah, kam es ihm auch heute wie ein Blick in den Spiegel vor. Ihre Augen, genau wie seine mit unterschiedlichen Farben, waren wieder mal Zeugen einer kurzen Nacht geworden. Demnach hatte also auch sie zu wenig geschlafen, wenngleich wahrscheinlich aus einem weitaus angenehmeren Grund als er.

Nachdem sie kurz in der Küche verschwunden war, kehrte sie mit einem Tablett zurück, auf dem sich ein prall gefüllter Brotkorb, Käse, Aufstrich, Eier und zwei Kaffee befanden. Sie setzte sich neben Borowski an den Tisch.

»Ich könnte diesen Monat noch mehr Kohle gebrauchen«, sagte sie.

Borowski rollte mit den Augen. War ja klar, dass sie wieder versuchen würde, ihm was aus den Rippen zu leiern!

»Saugst mich ja wieder aus wie 'n Vampir.«

»Tja, Hollywood gibt's nun mal nicht für lau, Baby!«, grölte sie. »Und wenn aus mir 'ne richtige Schauspielerin werden soll, musste schon 'n paar Kröten springen lassen, Onkel Dagobert.«

Wie er es hasste, wenn sie ihn so nannte!

»Mir wär's ja lieber, wenn aus dir was Anständiges wird.«

»Pf«, zischte sie. »So wie du, oder was? Wohnungen an reiche Schnösel verticken?«

Borowski nahm einen Toast und schlang ihn mit nur zwei Bissen herunter.

Von Anfang an hatte er nicht nur seine Familie, sondern auch *sie* belogen. Zum einen, weil sie alle nichts voneinander wussten, und zum anderen, weil er *ihr* weisgemacht hatte, dass er als Immobilienmakler arbeitete. Das hatte sich als wunderbare Erklärung dafür herausgestellt, dass er immer mal wieder für ein paar Wochen „außer Landes" musste, um „Objekte in Übersee zu verkaufen". Und solange er ihr regelmäßig Geld für die Schauspielschule zusteckte, war sie glücklich und stellte keine Fragen. Ein teurer Plan zwar, aber er funktionierte.

»Nimm's mir nicht übel, Big Daddy«, sagte sie und lächelte. »Aber auf diesen Mafia-Kram habe ich keine Lust.«

Dann nahm sie sein Gesicht in beide Hände und drückte ihm einen Schmatzer auf die Wange.

Von *ihr* geküsst zu werden, ließ ihn immer wieder alles andere vergessen.

Der Stinkstiefel stapfte erst um kurz vor zwölf in die Redaktion. Als er zur Tür hereinkam, sprang David auf und kam ihm entgegen.

»Wo haben Sie denn den ganzen Vormittag gesteckt?«

»Zu Hause«, brummte Borowski zurück.

»Aber Ihre Frau hat gesagt, dass Sie —«

»Du hast bei mir angerufen?«

David schluckte. Was hatte er denn jetzt schon wieder falsch gemacht?

»Ich hab nur mal durchgeklingelt«, antwortete er. »Angeblich sind Sie ja um halb neun in die Redaktion gefahren?«

Jetzt plusterte sich sein Mentor vor ihm auf und schaute von oben auf ihn herab. Seine Augen sprachen eine deutliche Sprache: Am liebsten hätte ihn Borowski an Ort und Stelle wie ein Löwe in Stücke gerissen.

»Wenn du das noch mal machst, verarbeite ich dich zu Kleinholz!«, schimpfte er. Seine tiefe Stimme ging durch Mark und Bein.

David antwortete nicht und starrte Borowski stattdessen stumm in die Augen. Gab es da vielleicht irgendetwas, das der Stinkstiefel vor seiner Familie verbarg? Sein Verhalten ließ jedenfalls keinen anderen Schluss zu.

An seinem Schreibtisch angekommen, grummelte Borowski weiter vor sich hin. Die anderen Redakteure täuschten einmal mehr Arbeit vor, und Naumann guckte aus der Wäsche wie ein Schuljunge, dem man seinen Ranzen geklaut hatte. Da außerdem die Telefone nicht funktionierten, lag eine bedrückende Stille über dem Büro.

»Wenn Sie sich wieder abgekühlt haben«, sagte David nach einer Weile. »Können wir dann über die RP-Sache reden?«

Borowski warf ihm einen Blick zu, als hätte er gerade ein Staatsgeheimnis ans Schwarze Brett gehängt. Er lugte hinter seinen Computerbildschirmen hervor und nickte zu den Fenstern.

»Komm, Prinzessin, wir gehen 'ne Runde Luft schnappen.« Seine Worte klangen wie ein Befehl.

Sie fuhren ins Foyer, verließen das Gebäude und gelangten durch das offene Metalltor am Ende des Parkplatzes auf einen Fußweg, der sie in den Park Schönfeld führte.

»Ich hab nachgedacht«, begann David das Gespräch. »Ich denke, wir sollten zur Polizei gehen...«

Borowski schnellte zu ihm herum.

»Wie kommste denn auf *diese* glorreiche Idee?«

»Nun, wollen Sie etwa in den Bau wandern?«

Das war David an diesem Morgen schon auf dem Weg in die Redaktion klar geworden. Einen Beweis zurückzuhalten, der zur Aufklärung einer Straftat beitragen könnte? Er hielt es für das einzig Richtige, die Videos auszuhändigen.

»Und was dann?«

»Was meinen Sie?«

»Na, was machen die Bullen wohl, wenn sie rauskriegen, wer da auf der Kleinen rumgeturnt ist?«

»Ich weiß nicht. Sie laden Rosenberg vor?«

»Hundert Punkte, Kollege! Und was bedeutet das für uns?«

David hatte keinen blassen Schimmer, worauf sein Mentor da hinaus wollte.

»Dass wir ausm Schneider sind?«

Borowski rollte mit den Augen.

»Ihr Linken habt aber auch echt 'ne verdammt lange Leitung«, sagte er. Dann blieb er abrupt stehen und zog David am Ärmel zu sich. »Denk doch mal nach! Wenn Rosenberg da wirklich mit drin steckt? Wenn er die Kleine ausm Weg geräumt hat?«

»Sie meinen, weil sie...ihm plötzlich im Weg gestanden hat?«

»Weiß der Geier warum!« Borowskis Hände schossen durch die Luft wie Pistolenkugeln. »Selbst wenn er es nicht war und sie einfach nur gevögelt hat: So oder so ist das 'ne eins A Story!«

David schüttelte den Kopf.

»Trotzdem. Ich glaube, dass es das Richtige ist, zur Polizei zu gehen.«

»Mann, diese Gandhi-Leier haste echt drauf!«

Borowskis Blick war jetzt noch finsterer. Als David versuchte, sich aus seinem Griff zu befreien, hielt ihn die Pranke seines Mentors eisern umschlossen. Als hätte er seinen Arm in einen Schraubstock gespannt. Ganz so einfach würde ihn der Stinkstiefel also nicht gehen lassen.

»Und was ist dann Ihr Vorschlag?«, fragte er.

»Wir lassen die Polizei in Ruhe ihren Job machen«, antwortete Borowski. »Selbst schuld, wenn die nicht ordentlich arbeiten.« Er ließ von David ab und hob seine Hände zu einer entschuldigenden Geste. »Siehst du denn nicht, was uns da zugeflogen ist, Mao? Das ist *die* Story überhaupt!«

»Aber wir können da doch jederzeit 'ne große Sache draus machen?«

Borowski winkte ab. »Wir *müssen* die Ersten ein! Geht das denn nicht in deine rote Birne rein? Wenn die Bullen erst mal Wind von der Sache bekommen haben, juckt das doch keine Sau mehr!«

»Und was ist mit Naumann?«, gab David zu bedenken. »Und Decker? Spielen die der Sache mit?«

Der Stinkstiefel drehte seine Handflächen nach oben, als hätte er Teller auf ihnen getragen wie ein Kellner. Eine Geste, die besagte, dass ihn das alles doch überhaupt nichts anging.

»Du willst doch diesen Job, oder nicht?«

David konnte nicht glauben, was er hörte.

»Lass es mich etwas deutlicher ausdrücken…« Borowski

streckte ihm eine Hand entgegen. »Du hilfst mir bei der Story, und ich sorge dafür, dass du hier 'ne Stelle bekommst.«

David sah ihm eine Zeit lang in die Augen. Er konnte es einfach nicht glauben: Der Stinkstiefel wollte ihn tatsächlich erpressen.

Diese Rote Socke hatte ihm also wirklich die Gefolgschaft verweigert! Einfach so im Park hatte Mao ihn stehengelassen und war wortlos in die Redaktion zurückgestampft.

Diese linken Spinner! Erkannten einfach keinen guten Deal, selbst wenn er ihnen direkt vor der Nase lag. Aber dann würde er eben allein weitermachen. Sollte Mao doch selbst zusehen, wo er blieb.

Aber Borowski war klar, dass er bei dieser Story bisher nur an der Oberfläche gekratzt hatte. Was wohl erst ans Tageslicht kommen würde, wenn er noch tiefer bohrte?

Während er über den Parkplatz wieder zurück in die Redaktion ging, kam ihm auch schon die erste Idee, wo er damit anfangen konnte. Er setzte sich an seinen Schreibtisch und fuhr den Computer hoch. Dann öffnete er seine Adressdatei, notierte sich die Telefonnummer, die er gesucht hatte, und griff zum Hörer. Es klingelte ein paar Mal, bis endlich jemand das Gespräch entgegennahm.

»Smollek?«, fragte die Stimme, die er erwartet hatte.

Sie hatte sich kaum verändert. Nach wie vor klang sie so nervös und zittrig, als würde sein Gesprächspartner intravenös Kaffee zu sich nehmen. Was genau er im Hintergrund mit einer anderen Person sprach, verstand Borowski jedoch nicht. Nur einen dumpfen Einheitsbrei, Rascheln und schließlich das Geräusch einer sich schließenden Tür.

»Sind Sie noch dran?«, fragte Smollek. »Ich bin jetzt auf dem Flur.« Er schien die Sache zu riechen wie ein Drogenspürhund. »Weshalb rufen Sie mich an?«

Borowski musste sich etwas einfallen lassen. Sollte er ihm etwa gleich reinen Wein einschenken? Smollek mochte vielleicht ein Nervenbündel sein, aber intelligent genug, eine schlechte Lüge zu durchschauen, war er allemal.

Borowski hüstelte in die Leitung.

»Mir ist da etwas... *Unangenehmes* zu Ohren gekommen.«

Stille. Sekundenlang keine Reaktion. Selbst, als Borowski sich erkundigte, ob Smollek noch dran sei.

Als er gerade wieder auflegen wollte, hörte er erneut ein lautes Rascheln. Mit einem Mal klang Smolleks Atmung noch hektischer als zuvor.

»Dann haben Sie's also auch schon gehört?«, fragte er.

Borowski zuckte. Eigentlich hatte er ja eine andere Reaktion erwartet.

Aber redeten sie denn überhaupt von derselben Sache? Wusste Smollek etwa von den Videos? Hatten vielleicht sogar noch andere Personen sie gesehen? Oder gab es da etwas, von dem Borowski noch gar keine Ahnung hatte?

»Ja, habe ich«, log er.

»Und jetzt wollen Sie wissen, ob es wahr ist, nehme ich an?«

»So etwas in der Art.«

»Verstehe«, antwortete Smollek.

Dann schwieg er eine Weile, in der sich seine Atmung jedoch kein bisschen beruhigte.

»Um eins? Vor der Orangerie?«

»Ich werde da sein«, antwortete Borowski.

Bevor die Leitung verstummte, hörte er noch ein letztes Rascheln.

7

David war wie von der Tarantel gestochen über den Parkplatz in die Redaktion geeilt. Dort angekommen, schnappte er sich seine Tasche, fuhr ins Foyer und radelte vom Gelände. Auf der Frankfurter Straße bog er Richtung Niederzwehren ab. Ein Blick auf sein Handy verriet ihm, dass er eine WhatsApp-Nachricht von einer unbekannten Nummer erhalten hatte. Auf dem Bild erkannte er Leas Gesicht.

Wollen wir da weitermachen, wo wir letztes Mal aufgehört haben?

David fuhr weiter die Frankfurter Straße entlang. Vor dem Hotel Celina bog er in die Leuschnerstraße und folgte ihr bis zum Olof-Palme-Haus. Von dort ließ er sich von den Straßenbahnschienen bis zur Kohlenstraße leiten. Auf diesem Weg kam er der Black Box, dessen graue Fassade sich bereits in sein Blickfeld schob, immer näher. Bei dem Gedanken daran, was ihn dort erwarten würde, trat er kräftig in die Pedale.

Auf einen zweiten Versuch mit Lea wollte er es auf jeden Fall ankommen lassen.

Sein Instinkt hatte ihn nicht getäuscht. Die ganze Zeit hatte Borowski gespürt, dass da noch etwas anderes war. Jetzt wusste er es.

Smollek hatte wie verabredet vor der Orangerie gewartet. Seitdem sie sich das letzte Mal über den Weg gelaufen waren, hatte er sich kein Stück verändert: Mit seiner blassen Haut, der hohen Stirn und dem schütteren Haar, sah er immer noch genauso mitgenommen aus wie damals. Dass er aber außerdem auch der geborene Informant geblieben war, aus dem die dienstlichen Geheimnisse nur so herausschossen wie Fontänen aus einem Geysir, hatte Borowski schnell festgestellt, nachdem Smollek ins Reden gekommen war.

»Ob das alles wirklich wahr ist, weiß ich natürlich nicht«, sagte er.

Jetzt, nachdem er von der Begebenheit erzählte hatte, von der sein anonymer Kollege Zeuge geworden war, machte er fast einen erleichterten Eindruck. Doch wenn es tatsächlich stimmte, was dieser Kollege behauptet hatte, würde Borowski dem Ganzen unbedingt nachgehen müssen.

»Sie meinen, Ihr Kollege könnte sich das alles...eingebildet haben?«

»Nun, Sie wissen ja, wie das ist«, antwortete Smollek. »Manchmal sehen Menschen nur das, was sie sehen wollen.«

Eine Zeit lang spazierten sie schweigend nebeneinander her. Dann bogen sie auf den Weg ab, der sie unter den Bäumen entlang zum Küchengraben führte.

»Für wahrscheinlich halte ich's aber nicht«, setzte Smollek wieder an. »Er ist einfach keiner dieser Kollegen, die gerne mal etwas dazu dichten.«

»Woher kennen Sie sich?«, fragte Borowski.

»Am Anfang hatten wir nur dienstlich miteinander zu tun«, antwortete sein Informant. »Dann haben wir uns auf einer Fortbildung näher kennengelernt. Da haben wir oft nebeneinander gesessen, und so haben wir uns angefreundet.«

»Wie intensiv sind ihre privaten Kontakte jetzt?«

»Wir treffen uns recht regelmäßig. Gemeinsame Familienabende, Sie wissen schon. Tja, und beim letzten Mal hat er es mir dann erzählt.«

»Wann war das genau?«

Während Smollek überlegte, pendelte sein Kopf von links nach rechts.

»Vor einer Woche? Vielleicht auch anderthalb. Da müsste ich noch mal im Kalender nachschauen.«

»Aber seitdem haben Sie nichts mehr von ihm gehört?«

Smollek schüttelte den Kopf.

Sie ließen den Küchengraben hinter sich und kehrten auf der gegenüberliegenden Seite zum Hauptportal zurück. Als sie an einer Seniorengruppe vorbeikamen, die Boule spielte, sah Borowski kurz zu seinem Informanten herüber: Der Beamte des Regierungspräsidiums, der ihn schon das eine oder andere Mal für einen Artikel mit brisanten Details betraut hatte, presste seine Lippen fest zusammen. Er schien genau zu wissen, dass er eigentlich schon viel zu viel erzählt hatte.

An dem Treppenaufgang zum Hauptportal angekommen, setzten sie sich auf eine Bank.

»Ich habe eine Bedingung«, sagte Smollek und fuhr mit einer Hand durch sein lichtes Haar. »Dieses Mal lassen Sie mich aus der Sache raus, verstanden?«

»Nicht mal anonym, wie sonst immer?«

Smollek schüttelte den Kopf. »An der Sache ist was faul. Ich will da unter keinen Umständen mit reingezogen werden.«

Borowski war auf seinen Informanten angewiesen. Deshalb blieb ihm überhaupt keine andere Wahl, als dessen Bedingung zu respektieren, so schwer es ihm auch fiel. Auf Quellen, die nicht einmal anonym genannt werden wollten, standen die Chefredakteure dieser Welt allerdings noch weniger als auf verpasste Deadlines.

Dann nickte er und gab Smollek die Hand. Der Beamte schlug ein. Er zauberte eine Visitenkarte aus der Hosentasche und legte sie neben Borowski auf die Bank.

»Sie bleiben noch sitzen, bis ich außer Sichtweite bin«, sagte er. »Sie kennen ja den Weg.« Smollek stand auf und verließ zwischen Marmorbad und Hauptportal das Gelände der Orangerie.

Nach einer Weile erhob sich auch Borowski von der Bank. So unauffällig wie möglich schnappte er sich die Visitenkarte und machte sich auf den Weg zu seinem Passat. Während er an der Hessenkampfbahn entlang zu dem Wagen zurückkehrte, wurde es ihm allmählich klar: Waren *das* etwa die brisanten Infos gewesen, von denen Olja gesprochen hatte?

Er warf einen Blick hinauf zum Regierungspräsidium, das sich über den Baumwipfeln abzeichnete. Von hier unten sah das Gebäude beinahe wie ein Gefängniswärter aus, der auf die Rückkehr seines entlaufenen Sträflings wartete.

Nun war also auch ihr zweiter Versuch gescheitert! Wieder war David aus Leas Zimmer gestürzt, durch den Flur gerannt und hatte dabei zwei Wäscheständer mit sich gerissen. Keine Frage, jetzt *musste* sie ihn einfach für einen Psycho halten! Aber woher hätte er auch wissen sollen, dass Lea sich genauso gerne ans Fenster setzte wie *sie*?

Wie ein Film war plötzlich alles noch einmal vor seinen Augen abgelaufen: Er erinnerte sich an den Tag, an dem *es* passiert war. An den Morgen, der wie jeder andere begonnen hatte. Mit einem bezaubernden Lächeln und einem ausgedehnten Frühstück. Noch immer spürte er den Kuss auf seinen Lippen, der sich wie Bestimmung angefühlt hatte. Jede Sekunde ein Hauch von Ewigkeit.

Damals hatte er nicht bemerkt, dass sie ungewöhnlich still gewesen war. Es war ihm auch nicht merkwürdig vorgekommen, dass sie sich nach dem Frühstück direkt ans offene Fenster gesetzt hatte. Denn an ihrem Lieblingsplatz hatte sie nun mal gern und oft das Leben an sich vorüberziehen lassen. Hatte geraucht, Wein getrunken und alten Platten von Otis Redding gelauscht.

Sitting on the dock of the bay, watching the tide roll away...

Dann der kurze Blick.

Das flüchtige Lächeln.

Davids späte Reaktion.

Der Tisch, der ihm im Weg gestanden hatte, und das Geschirr, das auf dem Boden zerschellt war.

Seine verzweifelten Rufe, es nicht zu tun.

Normalerweise war er bei allem immer schnell genug gewesen. In diesem einen, entscheidenden Moment, war er es nicht.

Borowski machte sich direkt nach dem Gespräch auf den Weg. Während der Fahrt rief er den Kollegen, dessen Nummer Smollek ihm zugesteckt hatte, über die Freisprechanlage an.

Obwohl Stefan Glöckner unverzüglich ans Telefon ging, war er zunächst alles andere als auskunftsfreudig. Das änderte sich erst, als Borowski den Namen seines Informanten ins Spiel brachte. Glöckners Stimme machte eine Veränderung durch, und er versprach, ihn in seinem Büro zu empfangen.

Über die B27 fuhr Borowski weiter nach Bad Hersfeld. Das Behördenzentrum, in dem sich die Abteilung III des Regierungspräsidiums Kassel für Umwelt und Arbeitsschutz befand, lag nahe des Zentrums in einem kleinen Gewerbegebiet. Er stellte seinen Passat auf dem Parkplatz des Baumarkts gegenüber ab und betrat das Gebäude. Dann meldete er sich bei der Empfangsdame an und nahm in der Warteecke Platz. Schon kurz darauf hörte er, wie Smolleks Kollege die Treppen herunterschoss.

Stefan Glöckner hatte einen Händedruck wie eine tote Hasenpfote. Er war ein schmaler Mann Ende vierzig, trug Jeans, dazu Birkenstockschuhe und ein viel zu enges Hemd. Unter seiner Nase hing ein ergrauter Henriquatre-Bart, der zu seinem Vorteil erfolgreich von den dicken Brillengläsern ablenkte.

Zusammen gingen sie durchs Treppenhaus in den zweiten Stock. Glöckners Büro war klein und muffig, bis in den letzten Winkel vollgestellt mit Aktenschränken, einem riesigen Eckschreibtisch und Leitz-Ordnern, so weit das Auge reichte. Der Beamte schloss die Tür ab und bot Borowski einen Sitzplatz an. Dann ließ er sich auf seinen Bürostuhl fallen, legte die Hände hinter den Kopf und wippte hin und her.

»Herr Smollek hat mir von der...*Begebenheit* erzählt«, kam Borowski direkt zur Sache. »Können Sie mir mehr darüber erzählen?«

Sein Gegenüber zögerte.

»Wissen Sie...Ich würde ungern irgendwo meinen Namen lesen.«

Borowski nickte.

»Das habe ich bereits Ihrem Kollegen versprochen. Sie können sich auf mich verlassen.«

Glöckner nahm seine Hände herunter und legte sie auf den Oberschenkeln ab, auf denen er wie auf einer Bongo herumtrommelte. Während er überlegte, wippte er weiter mit seinem Stuhl.

»Also gut«, sagte er schließlich. »Wenn Sie es eigentlich eh schon wissen?« Nachdenklich strich er seinen Bart glatt. »Am Samstag, den siebenundzwanzigsten Juli, ist meine Frau fünfundvierzig geworden. Also habe ich mir was Schönes überlegt und sie nach Kassel zum Essen ausgeführt.«

»Sie sind ins Eberts gefahren«, fasste Borowski zusammen, was er bereits von Smollek wusste.

»Ein wirklich schöner Laden. Dachte mir, es würde ihr dort bestimmt gefallen. Frauen stehen ja auf so was.« Borowski nickte und notierte sich das Datum. »Als wir ankamen, war es gerammelt voll. Aber wir hatten Glück, und plötzlich wurde direkt vor der Spiegelwand ein Tisch frei.«

»Zu der Zeit war der Regierungspräsident schon da?«

Glöckner nickte. »Saß zwei Tische weiter. Allerdings mit dem Rücken zur Tür, deswegen hab ich ihn nicht sofort erkannt. Im Spiegel hab ich dann sein Gesicht gesehen.«

»Und die Vorstandmitglieder?«, fragte Borowski weiter. »Wer waren die noch mal?«

Der Beamte zog seine Schreibtischschublade auf, wühlte sich durch einen Stapel Papiere und kramte einen Umschlag hervor. Er öffnete ihn und breitete den Inhalt auf dem Tisch aus. Borowski blätterte sich durch die Fotos. Hatte er diese Gesichter schon mal irgendwo gesehen?

»Woher kennen Sie die drei eigentlich?«, fragte er.

»Kennen ist zu viel gesagt«, antwortete Glöckner. »Aber zusammen mit der Bergaufsicht ist unser Dezernat ja maßgeblich am Genehmigungsverfahren für WerraSalz beteiligt.

Da erfährt man dann recht schnell, wer bei denen im Vorstand sitzt.«

»Im Eberts wurden Sie aber nicht erkannt? Von Rosenberg oder den anderen?«

Glöckner kratzte sich am Kinn. »Glaub nicht.«

»Glauben gehört in die Kirche«, erwiderte Borowski.

»Nun, der Regierungspräsident war viel zu nervös, wenn Sie mich fragen. Hätte wahrscheinlich nicht mal seine eigene Frau erkannt, so fertig wie der war. Ist ständig auf seinem Stuhl hin und her gerutscht, als hätte er Hämorrhoiden oder so.«

»Und die anderen? Bäumler, Peters und Casey?«

»Die Ruhe in Person. Saßen da wie buddhistische Mönche bei der Meditation.«

»Wissen Sie, worüber die gesprochen haben?«

Glöckner strich sich wieder über seinen Bart und schüttelte den Kopf.

»Keine Idee?«, hakte Borowski nach.

Der Beamte starrte ihn wortlos an. Trotzdem sah er aus, als würde er wegen irgendetwas mit sich ringen. Hatte Glöckner vielleicht doch eine Vorstellung davon, worum es bei dem Treffen zwischen dem Regierungspräsidenten und den Vorstandsvorsitzenden von WerraSalz gegangen war?

Borowski beugte sich über den Schreibtisch. Er hatte in seinem Leben schon viele Menschen mit ihrem Gewissen kämpfen gesehen, und Glöckners Gesicht verriet ihm, dass sein Gegenüber gerade genau *das* tat. Jetzt durfte er ihn auf keinen Fall von der Angel lassen!

»Können Sie es mit sich vereinbaren, es mir nicht zu sagen?«, fragte er.

Das hatte gesessen! Glöckner lehnte sich zurück, und

nachdem er seine Hände wieder hinter dem Kopf gefaltet hatte, wippte er erneut mit seinem Stuhl hin und her.

Dann drehte er sich zur Seite, fischte noch einen zweiten Umschlag aus der Schublade und warf einen Stapel Papiere zu den Fotos auf den Tisch.

»Ich könnte mir vorstellen, dass sie *darüber* gesprochen haben.«

Der Stinkstiefel kam erst gegen halb vier in die Redaktion zurück. Als er David entdeckte, flitzte er direkt an seinen Schreibtisch und zog ihn unter den mitleidigen Blicken der anderen Redakteure zur Tür. David wehrte sich nach Kräften, aber vergebens. Nachdem der Stinkstiefel ihn schließlich wieder losgelassen hatte, rückte er sein T-Shirt zurecht und warf ihm einen zornigen Blick zu.

»Was fällt Ihnen eigentlich ein?«, fragte er. »Und was zum Geier ist das überhaupt für ein Umschlag, den sie da mit sich rumschleppen?«

Borowski grinste.

»Es gibt 'n paar Neuigkeiten, die dich interessieren könnten.«

»Sie meinen, wegen dieser RP-Sache?«

Der Stinkstiefel nickte. Seine Augen funkelten wie ein polierter Diamantring.

»Ich bin raus aus der Nummer, schon vergessen?«, erinnerte ihn David. »Oder ist Ihnen das im Park nicht deutlich genug gewesen?«

Sein Mentor kam näher, schaute ihn mit einem durchdringenden Blick an und flüsterte: »Du wirst deine Meinung ändern, wenn du *das hier* gesehen hast.«

Wovon zum Teufel redete der da nur? Sollte David sich wirklich anhören, was Borowski ihm so Wichtiges zu erzählen hatte? Eigentlich hatte er seine Entscheidung ja bereits längst gefällt: Er wollte bei dieser ganzen schmutzigen Geschichte nicht länger mitmachen. Sollte sich doch die Regenbogenpresse darauf stürzen. Als er Borowski im Park hatte stehen lassen, war das sein unmissverständliches Zeichen gewesen, dass der Stinkstiefel ab jetzt auf sich allein gestellt war.

Auf der anderen Seite hatten ihn Borowskis kryptische Andeutungen auch ziemlich neugierig gemacht. David dachte eine Zeit lang angestrengt nach.

Dann schlug er das *Westend* für ein Gespräch vor. Jenes kleine Café, in dem er sich während seines Studiums oftmals zum Lernen aufgehalten hatte, und das außerdem gleich bei ihm um die Ecke lag. Er mochte das gemütliche Flair, das das Lokal vor allem wegen seiner rustikalen Einrichtung versprühte. Besonders gern aß er allerdings den hausgemachten Kuchen, für den das Café im Vorderen Westen bekannt war.

Borowski parkte den Passat gegenüber, direkt vor der Friedenskirche. Im Westend setzten sie sich an den einzigen freien Tisch. Der Stinkstiefel bestellte ein Bier und David ein Tonic Water.

Sein Mentor kam gleich zum Punkt. Er legte den Umschlag auf den Tisch, den er die ganze Zeit mit sich herumgetragen hatte, und mit einem Mal lag wieder dieses Funkeln in seinen Augen. Nachdem er sich vergewissert hatte, dass ihnen auch wirklich niemand zuhörte, beugte er sich zu David herüber.

»Ich hab im Regierungspräsidium so 'ne Art...Kontaktmann«, flüsterte er. »Hat mir schon des Öfteren mal für bestimmte Artikel unter die Arme gegriffen.«

Die Kellnerin kam und brachte die Getränke. Borowski nippte an seinem Bier und wischte sich mit dem Handrücken den Mund ab.

»Über ihn habe ich den Namen eines Beamten aus Bad Hersfeld erfahren: Stefan Glöckner. Stellvertretender Dezernatsleiter für industrielles Abwasser, wassergefährdende Stoffe und diesen ganzen Firlefanz. Klingelt's da bei dir?«

David schüttelte den Kopf.

»Hab ich mir schon gedacht. Aber dazu später mehr.« Borowski zog einen Stapel Papiere aus dem Umschlag. »Glöckner ist vor 'n paar Wochen im Eberts gewesen. Wollte da mit seiner Frau einen romantischen Geburtstag feiern und so weiter und so weiter, bla bla. Kennste den Laden?«

Natürlich kannte David das Eberts: Eines der beliebtesten Restaurants überhaupt, nicht nur in der Friedrich-Ebert-Straße, sondern in der ganzen Stadt. Aber was wollte ihm der Stinkstiefel damit erzählen? Bisher klang das alles noch nicht nach spektakulären Neuigkeiten.

»Der Name *WerraSalz* sagt dir was?«

»Dieses Unternehmen, das im Werratal Kalisalz abbaut?«

Borowski nickte. »Viertausend Mitarbeiter in der Region. Eines der wichtigsten Unternehmen überhaupt, wenn du so willst.«

Er zog ein paar Fotos aus dem Stapel und hielt sie David vors Gesicht: Porträtaufnahmen, auf denen drei Männer abgebildet waren, die allesamt dunkle Anzüge trugen.

»Darf ich bekannt machen: Der Vorstand von WerraSalz.«

Borowski zeigte nacheinander auf die Fotos und stellte jeden einzelnen der Männer vor.

Bei dem Ersten handelte es sich um Dr. Manfred Peters. Diplom-Ingenieur und mit achtundvierzig das jüngste Mitglied des Vorstands. Peters hatte nach dem Studium zunächst für eine Consulting-Firma gearbeitet, danach im Vorstand bei verschiedenen Energieunternehmen. Seit 2013 gehörte er zu WerraSalz. Er hatte schmale Schultern und ein noch viel schmaleres Gesicht, auf dem jedoch ein linkischer Gesichtsausdruck lag.

Als Nächster kam Howard Casey. Er war nur zwei Jahre älter als Peters und auch erst ein Jahr länger im Vorstand. Casey hatte in den USA studiert und dann bei verschiedenen Chemieunternehmen Erfahrungen gesammelt. Besonders als CEO bei *Crane Salt*, einem Konkurrenten von WerraSalz, hatte er im Laufe der Jahre auf sich aufmerksam gemacht. Mit seinem akkuraten Kurzhaarschnitt und dem aufgesetzten Lächeln, das er in den Staaten wahrscheinlich mit der Muttermilch aufgesogen hatte, sah Casey nach einem waschechten Bilderbuch-Ami aus.

Zuletzt präsentierte Borowski den Vorstandsvorsitzenden: Dr. Hermann Bäumler. Der Einundsechzigjährige war promovierter Jurist und hatte in den Rechtsabteilungen verschiedener Chemie- und Pharmakonzerne gearbeitet. Vor elf Jahren war er dann bei WerraSalz eingestiegen und bereits kurze Zeit später in den Vorstand gewählt worden. Er war den klassischen Weg gegangen, Stufe für Stufe nach oben, und so hatte er 2007 die Spitze des Unternehmens erklommen. Mit seinem ernsten Gesichtsausdruck, dem strengen Seitenscheitel und den schmalen Lippen verkörperte Bäumler ziemlich genau das Bild, das man in der Welt wohl von einem humorlosen, aber fleißigen Deutschen besaß.

Nach dieser Vorstellungsrunde war David allerdings immer noch nicht viel schlauer. Was hatte das alles nur zu bedeuten? Wieso schleppte der Stinkstiefel diese Fotos mit sich herum?

»Bevor du fragst, klär ich dich mal auf«, sagte Borowski. »An besagtem Abend ist Glöckner also mit seiner Frau im Eberts gewesen. Dort hat er dann mitbekommen, dass Rosenberg sich mit diesen netten Herren hier getroffen hat.«

Das schlug ein wie eine Bombe!

»Und nach einem Geschäftsessen oder irgendeinem anderen Treffen offizieller Art hat das wohl ganz und gar nicht ausgesehen«, erzählte er weiter. »Glöckner hat das Gespräch zwar nicht mithören können, aber Rosenberg muss wohl ziemlich der Stift gegangen sein.«

»Okay, okay«, rang David um Fassung. Nur langsam wurde ihm klar, was diese Beobachtung eigentlich zu bedeuten hatte. »Was ich aber nicht ganz verstehe: Warum treffen die sich eigentlich in 'ner Bar? Warum nicht in der Firmenzentrale oder was weiß ich wo?«

Borowski schüttelte den Kopf. Er warf David einen Blick zu, als würde er mit einem naiven Kind reden.

»Genau: *Regierungspräsident besucht Vorstand von WerraSalz!* Auf diese Schlagzeile bin ich mal gespannt! Da könnte Rosenberg ja gleich sein eigenes Amtsenthebungsverfahren unterschreiben.«

David griff nach den Fotos und sah sie sich eine Zeit lang an. Sich in einer belebten Bar wie dem Eberts zu treffen, erschien ihm nicht gerade wie ein kluger Schachzug. Eher wie politischer Selbstmord. Für ihn klangen diese Neuigkeiten vielmehr so, als sei mit diesem Glöckner die spärlich vorhandene, behördliche Fantasie durchgegangen.

»Und warum dann keine E-Mails?«, hakte er weiter nach. »Ich verstehe dieses Risiko einfach nicht.«

»Vielleicht wollten sie keine Beweise hinterlassen?«, fragte der Stinkstiefel zurück. »Erzählen können die Leute ja viel, dass sie angeblich irgendwo 'n hohes Tier gesehen haben. Solange man es nicht beweisen kann, mit Fotos, Dokumenten und so, sind das nur Gerüchte.«

David tippte sich an die Stirn. »Aber in einer Bar? Da hätten sie doch jederzeit von jemandem erkannt werden können?«

Borowski lehnte sich zurück und verschränkte die Arme. »Das glaubst du im Ernst?« Er rollte mit den Augen. »Die Leute hier würden den Regierungspräsidenten doch noch nicht mal erkennen, wenn er es ihnen auf die Nase bindet. Geschweige denn den Vorstand von WerraSalz.«

So traurig es war, aber damit hatte er wahrscheinlich sogar Recht. Trotzdem: In Davids Augen war die entscheidende Frage immer noch nicht geklärt.

»Okay, mag ja alles sein«, leitete er sie ein. »Rosenberg und diese Vorstandsjungs haben also was Wichtiges zu besprechen. Sie überlegen, wo sie sich treffen, und kommen aufs Eberts. So weit, so gut. Aber: Was hat das mit Olja zu tun?«

Borowski schloss die Augen und schüttelte den Kopf. »Mao, denk nach!«

»Sie glauben also immer noch, dass der Regierungspräsident in der Sache mit drin hängt?«

»Hmh-hmh.«

»Aber wieso?«, fragte David. »Warum sollte Rosenberg sie getötet haben?«

Borowski zuckte mit den Schultern. »Vielleicht hat sie von dem Treffen gewusst?«

»'n bisschen dünn, die Story, finden Sie nicht?«

Jetzt kehrte plötzlich wieder das Funkeln in Borowskis Augen zurück.

»Vielleicht, weil du *das* hier noch nicht gesehen hast.«

Er griff ein zweites Mal nach dem Umschlag, holte diesmal einen Stapel Papiere aus ihm heraus und schob ihn über den Tisch. David nahm ihn in die Hand: Ganz offensichtlich handelte es sich bei den Papieren um irgendein umfangreiches, behördliches Schreiben. In der oberen Ecke des Deckblatts entdeckte er das hessische Landeswappen, darunter einen Stempel vom Regierungspräsidium Kassel, Abteilung III, und links oben in Großbuchstaben den Absender: *Hessisches Landesamt für Umwelt und Geologie*.

David überflog den Text im Schnelldurchlauf. Vor lauter Tabellen, Grafiken und Namen irgendwelcher chemischer Stoffe rauchte ihm allerdings schnell der Kopf. Gelbe Textmarkerstellen verrieten ihm, dass irgendjemand bestimmte Passagen bereits für wichtig empfunden und hervorgehoben hatte.

»Hat Glöckner mir zugesteckt«, erklärte Borowski. Er nippte an seinem Bier und sprach im Flüsterton weiter. »Ist 'ne Stellungnahme vom HLUG, wie du siehst.«

»Hmh-hmh. Außerdem von heute«, fügte David hinzu und tippte auf das Datum.

Der Stinkstiefel schüttelte den Kopf.

»Das ist schon der erste Haken.« Er deutete auf die Anschrift des Empfängers. »Glöckner hatte das HLUG um eine fachtechnische Überprüfung der Versenkung von Kaliabwässern gebeten. Seltsamerweise hat er die Ergebnisse aber erst *heute* aufm Tisch gehabt. Einen Tag, nachdem die Genehmigung verlängert wurde.«

»Zumindest mal ein seltsamer Zeitpunkt«, bemerkte David.

Borowski nickte. »Allerdings. Glöckner hat das auch so gesehen und daraufhin beim HLUG nachgefragt: Das Schreiben ist da angeblich schon vor Wochen rausgegangen.«

»Hat er denn gesagt, was drin steht?«

»Nicht direkt. Hat nur immer wieder etwas von *ökologischer Verantwortung* oder so gefaselt. So genau hab ich's nicht verstanden. Er meinte, ich solle es besser selbst lesen.« Borowski beugte sich jetzt noch weiter über den Tisch. »Aber was auch immer da drin steht«, sagte er und tippte mehrmals auf das Schreiben. »Irgendjemand hat es zurückgehalten.«

»Zurückgehalten?« David runzelte die Stirn. »Und wer soll das bitte getan haben?«

»Was weiß ich? Jemand beim RP, im Umweltministerium, in der Landesregierung? Such dir was aus. Von mir aus auch die Illuminaten oder der Opus Dei, wenn dir das alles nicht verschwörerisch genug klingt.«

Das hatte allerdings wirklich etwas von Verschwörung. Denn was um alles in der Welt konnte schon in dem Schreiben gestanden haben, dass irgendjemand dafür gesorgt hatte, es bis nach der Pressekonferenz unter Verschluss zu halten? Und vor allem: *Wie* hing das mit dem Mord an Olja Kozlova zusammen?

»So weit, so gut«, sagte David. »Was ich schon wieder nicht verstehe: Wenn dieses Schreiben doch ans RP gegangen ist, warum hängt das niemand an die große Glocke?

Zeitung, Radio, Fernsehen? Allein das Zurückhalten wäre doch schon ein veritabler Skandal.«

»Schon mal was von einem *Dienstgeheimnis* gehört?«, fragte Borowski zurück. »Mao, du musst dir das klar machen: Glöckner riskiert hier mehr als nur seinen faulen Beamtenarsch. Auf so etwas steht man in Behörden ja mal so gar nicht! Wenn rauskommen sollte, dass Glöckner uns *das hier* gesteckt hat, buchten die ihn schneller ein als er seine Unterlagen tackern kann.«

Er sah David tief in die Augen.

»Irgendwo hier drin finden wir die Antwort, wer der Kleinen das Licht ausgepustet hat. Und noch viel wichtiger: Warum!«

8

Borowski bestand darauf, dass sie anstießen. Danach besprachen sie ihr weiteres Vorgehen: David würde sich an den Bericht setzen und herausfinden, welche Informationen darin möglicherweise für wen so sensibel gewesen waren. Borowski hingegen würde ins Eberts gehen und dort sein Glück versuchen. Vielleicht hatte ja einer der Kellner etwas von dem geheimen Treffen mitbekommen?

Nachdem sie sich verabschiedet hatten, ging Borowski in Richtung Bebelplatz. Er bog in die Friedrich-Ebert-Straße, und schon nach wenigen Metern erreichte er das Eberts. Auch er kannte das Lokal, das vor allem wegen seiner meterhohen Spiegelwand und seiner zeitlos modernen Einrichtung berühmt war, von dem einen oder anderen Abendessen. An diesem Sommertag waren jedoch nur wenige Tische besetzt, weil die meisten Gäste wegen des schönen Wetters draußen an der Straße Platz genommen hatten und dort die Sonne genossen.

Als Borowski eine Kellnerin entdeckte, die wie ein Wiesel durch den Laden flitzte, ging er zielstrebig auf sie zu. Sie konnte nicht viel älter als Mitte zwanzig sein und sah aus wie eine Studentin, die sich hier mit einem Nebenjob den Lebensunterhalt verdiente. Ihre Stimme klang freundlich und schüchtern zugleich.

»Guten Tag«, empfing sie ihn. »Wie kann ich Ihnen helfen?«

Borowski zückte seinen Presseausweis. Als sei er ein Zollbeamter und sie eine illegale Einwanderin, schossen ihre Augen plötzlich hin und her.

»Keine Sorge, ich habe nur ein paar harmlose Fragen«,

beruhigte er sie. Inzwischen war er auch ihrem vollbärtigen Kollegen aufgefallen, der hinter der Theke stand und mit einer pfeifenden Kaffeemaschine kämpfte.

»Wie viele Leute arbeiten hier bei Ihnen?«, fragte Borowski.

»Im Service, meinen Sie?« Die junge Frau beugte sich über den Tresen. »Leon, wie viele sind wir?«

Ihr Kollege ließ von dem Ungetüm ab und kam auf sie zu. Als er schließlich vor ihm stand, schätzte Borowski auch ihn auf Mitte zwanzig. Mit seiner kurzen Gel-Frisur passte er jedoch ganz und gar nicht in das klassische Studentenschema.

»Fünfzehn«, antwortete Leon. Er war kurz angebunden wie ein Kampfhund. »Sie sind...Journalist?«

Borowski nickte und tippte auf seinen Ausweis, den er dem jungen Mann präsentierte.

»Die Hessisch Niederträchtige also.« Dieses Wortspiel hörte Borowski nicht zum ersten Mal in seiner Karriere. »Zeigen Sie mal her!«

»Ganz langsam, Django! Kannst deine Knarre ruhig wieder einstecken.«

Mit Zornesfalte auf der Stirn untersuchte Leon den Ausweis. Als er ihn Borowski wieder zurückgab, sah er jedoch immer noch nicht überzeugt aus.

»Kann ich jetzt meine Fragen stellen?«

Leon zuckte mit den Schultern. »Wenn's sein muss.«

»Also: Wer hat am Samstag Abend, den siebenundzwanzigsten Juli, hier gearbeitet?«

Der Kampfhund stemmte beide Hände in die Hüften.

»Da müsste ich im Dienstplan nachgucken«.

Dieser Kerl war wirklich eine harte Nuss! Offenbar war

Borowski gezwungen, ab jetzt schwerere Geschütze aufzufahren.

»Hör zu, Sportsfreund...« Er griff in seine Brusttasche und zog sein Portemonnaie gerade so weit heraus, dass man es erahnen konnte. »Ihr könntet euch was dazuverdienen. Zwanzig für jeden?«

Die Kellnerin hatte ihre Entscheidung schnell getroffen.

»Ich würd's nehmen«, sagte sie und tippte Borowski auf die Schulter. Einen Moment lang wartete er darauf, dass der Kampfhund ihr über den Mund fahren würde. Doch zu seiner Überraschung ließ ihr Kollege sie gewähren.

Sie griff in ihre Schürze und holte ein Handy raus.

»Wir haben 'ne WhatsApp-Gruppe, wissen Sie? Da wird immer alles für den kommenden Monat eingestellt.«

»Sie bekommen also gar keinen Ausdruck mehr?«, fragte Borowski. »Keinen Monatsplan oder so?«

Sie schüttelte den Kopf. »Geht schneller so«, antwortete sie und wischte auf dem Touchscreen herum. »Sie haben Glück: An diesem Abend hat unter anderem auch Leon gearbeitet.«

Ob er das als „Glück" bezeichnen sollte, bezweifelte Borowski stark. Er drehte sich wieder zu dem Kampfhund herum, der immer noch mit beiden Händen in den Hüften hinter der Theke lauerte.

»Du hast also am siebenundzwanzigsten gearbeitet?«

Leon trug ein provokantes Lächeln auf den Lippen. Er schien zu wissen, dass er sich in einer vorteilhaften Verhandlungsposition befand.

»Wenn's so im Plan steht«, kläffte er.

Borowski zückte den Umschlag und hielt ihm die Fotos

von Bäumler, Casey und Peters vor die Nase.

»Hast du die hier an dem Abend gesehen?«

Leon sah sich ein Foto nach dem anderen an.

»Kommt drauf an, was Sie noch so jucken lassen.« Er zeigte fünf Finger und formte sie anschließend zu einer Null. Auch wenn Borowski ihm am liebsten sein freches Grinsen aus dem Gesicht geprügelt hätte, blieb ihm gar nichts Anderes übrig. Denn sein Gefühl verriet ihm, dass dieser Halbstarke etwas wusste.

»Einverstanden«, sagte er und reichte Leon einen Fünfziger über den Tresen. »Also: Erkennst du einen auf den Fotos?«

»Ich hab die Typen an dem Abend bedient«, fing der Kampfhund an zu erzählen. »Aber da war auch noch ein anderer Kerl dabei. War irgendwie nervös, der Typ, und hat ständig auf seinem Stuhl herumgehampelt.«

Das konnte nur Rosenberg gewesen sein.

»Hast du gehört, worüber sie gesprochen haben?«

Leon schüttelte den Kopf. »Nicht wirklich.«

»Was heißt nicht wirklich?«

»Das heißt nein.«

Der sinnloseste Fünfziger, an den Borowski sich erinnerte.

»Gar nichts? Nada?«

»Nur diese Buchstaben halt. Irgendwas mit A…AP… Mann, was weiß ich.«

»Denk nach, Django! Sonst springt der Fuffi gleich wieder dahin zurück, wo er hergekommen ist!«

Leon verzog das Gesicht und sah eine Zeit lang zur Decke.

»APC«, sagte er schließlich.

»Ganz sicher?«, hakte Borowski nach. »Diese drei Buchstaben?«

Der Kampfhund nickte und streckte ihm seinen tätowierten Arm entgegen.

»Ich hab Ihnen gesagt, was ich weiß. Und jetzt her mit dem Fuffi!«

Nachdem der Stinkstiefel sich auf den Weg ins Eberts gemacht hatte, ging David nach Hause und setzte sich ins Arbeitszimmer. Zunächst verschaffte er sich einen Überblick.

Das Schreiben umfasste einundvierzig Seiten. Wie Borowski ihm bereits erklärt hatte, handelte es sich um das Ergebnis einer fachtechnischen Überprüfung des HLUG. Glöckner hatte bei dem Landesamt eine Stellungnahme zur aktuellen Situation des Werra-Kaligebiets angefordert.

Doch David wurde aus all dem einfach nicht schlau. *Buntsandstein*? *Entlastungsareal*? *Grundwasserleiter*? *Plattendolomit*? Nicht einmal die bereits markierten Stellen halfen ihm weiter. *Geogene Salzwässer*? *Übertrittsmengen*? *Chloridkonzentrationen*? Alles nur böhmische Dörfer. Zweifellos brauchte er Hilfe, und zwar gewaltige. Aber von wem?

Beim Durchblättern war er immer wieder auf einen Namen gestoßen: Prof. Dr. Peter Reinhard. Dieser war für das HLUG scheinbar von besonderer Bedeutung gewesen, da seine Einschätzungen entscheidend zu den Ergebnissen des Landesamtes beigetragen hatten.

Die Google-Suche spuckte David mehrere Einträge aus: Der Zweiundsechzigjährige Reinhard war nicht nur Diplom-Geologe, sondern auch Geochemiker und Mineraloge. Außerdem saß er im Wissenschaftlichen Beirat des BUND. David war überzeugt, dass er in ihm genau den Richtigen gefunden hatte. Vielleicht würde Reinhard ihm ja dabei helfen, dieses Kauderwelsch zu verstehen? Er schnappte sich sein Handy und wählte die Festnetznummer in Burgdorf in Niedersachsen an.

David entschuldigte sich für die Störung und stellte sich als Redakteur der HNA vor. Reinhards Stimme krächzte wie die eines in die Jahre gekommenen Papageis. Er schien nicht besonders scharf darauf zu sein, Fragen eines Journalisten zu beantworten.

»Sie sind Redakteur?«, fragte er. »Wohl noch ziemlich grün hinter den Ohren, was?«

David beschloss, volles Risiko zu gehen: Er würde seine beste Karte gleich zu Beginn ausspielen.

»Ich möchte einen Artikel über die Versenkung von Kalilauge durch das Unternehmen WerraSalz schreiben.«

Stille.

Dann, nach einer Weile, meldete sich der Geologe wieder zu Wort.

»Ihnen ist klar, mit wem Sie da in den Ring steigen?« Im Hintergrund war ein Rascheln zu hören. Blätterte Reinhard etwa gerade in seinen Unterlagen? »Die verklagen jeden, der nicht bei drei aufm Baum ist. Überlegen Sie sich also gut, ob Sie denen ans Bein pinkeln.«

David staunte. Wie ein Professor klang Reinhard durch seine saloppe Art irgendwie nicht.

»Da brauche ich nicht lange nachzudenken«, erwiderte er, und bemühte sich, überzeugt zu klingen.

Der Geologe ließ sich mit seiner Antwort Zeit.

»Mutig, mutig«, sagte er schließlich. »Gefällt mir! Also,

wie kann ich Ihnen helfen?«

David räusperte sich.

»Nun, zunächst mal: Wie kann ich mir so eine Versenkung überhaupt vorstellen? Könnten Sie das bitte für einen Laien wie mich erklären?«

»Sie meinen, weil diplomierte Hydrogeologen nicht gerade den Hauptteil ihrer Leserschaft ausmachen?«

David schmunzelte.

»Sie sagen es.«

Reinhard legte eine Pause ein. Wahrscheinlich, um sich genau zu überlegen, wie er seine Erklärungen möglichst einfach und allgemeinverständlich halten könnte.

»Nun, als Erstes werden zunächst sogenannte *Versenkbohrungen* vorgenommen. Die gehen dann hinunter bis ins Zielgestein, also den Plattendolomit.«

»Eine Gesteinsschicht, nehme ich an?«

»Ein Karbonat-Gestein, ja.«

»Okay. Von was für einer Tiefe reden wir hier?«

»Nun, meistens um die fünfhundert Meter. Der Plattendolomit selbst hat dahingegen eine Mächtigkeit von bis zu fünfundzwanzig Metern.«

»Mächtigkeit?«

»Dicke, wenn Sie so wollen. Mächtigkeit bezeichnet die Dicke von Gesteinspaketen.«

David schrieb sämtliche Definitionen mit.

»Okay. Was passiert dann?«

»Anschließend werden die salzhaltigen Kaliabwässer durch die Versenkbohrungen in das Zielgestein *injiziert*, wie wir es ausdrücken würden.«

»Das Salzabwasser wird also - vereinfacht ausgedrückt - oben reingeschüttet und kommt fünfhundert Meter unten wieder raus?«

»Nun, ganz so einfach ist es natürlich nicht«, erklärte Reinhard. »Bei der Injektion kommt es nämlich zu einer *hydraulischen Verdrängung*. Das heißt, dass die Kaliabwässer, die im Vergleich zum normalen Grundwasser eine höhere Dichte haben, in den Plattendolomit einströmen.«

»Und die *Verpressung*?«, fragte David weiter. »Sie reden ja jetzt immer nur von einer Versenkung, richtig?«

»Nun, diese beiden Begriffe werden häufig synonym benutzt. Der feine Unterschied besteht allerdings darin, dass bei der Verpressung zusätzlich ein Kopfdruck auf die Versenkbohrung aufgedrückt wird.«

»Kopfdruck?«

»Das ist der Innendruck, der in dem oberirdischen Verschlussbauwerk einer Bohrung vorherrscht«, erklärte Reinhard. »WerraSalz arbeitet dabei meistens mit einem Kopfdruck von fünf bar. Auf diese Weise geht es einfach schneller.«

Jetzt nahm David den Bericht zur Hand.

»Klingt ja alles ziemlich abenteuerlich. Aber...Ist das denn überhaupt nicht gefährlich? Für die Umwelt, die Menschen und so weiter?«

Reinhard prustete los, als hätte man ihm einen verdammt guten Witz erzählt.

»Sie sind ja lustig! Na, was denken Sie denn, warum schon seit vielen Jahren ein Versenkstopp gefordert wird?«

»Ich...ich weiß es nicht...«, antwortete David irritiert. »Und von wem wird der gefordert?«

»Vom BUND, zum Beispiel, oder von diversen Bürgerinitiativen. Na ja, und vom HLUG natürlich.«

David spürte, dass er langsam auf die richtige Fährte

kam.

»WerraSalz behauptet ja seit jeher, dass der Plattendolomit nach oben, zum Unteren Buntsandstein hin, dicht sei«, dozierte der Geologe weiter. »Wie wir allerdings heute wissen, ist das nicht der Fall.«

»Dieser Buntsandstein ist noch mal...was genau?«

»Die Gesteinsschicht oberhalb des Plattendolomits. Beide sind voneinander getrennt, durch sogenannte *Letten*. Eine Art...Sperrschicht.«

David schrieb immer noch jedes Detail mit.

»Und warum ist der Plattendolomit nicht dicht, wie Sie sagen?«

»Nun, in besagten Letten gibt es leider zahlreiche Störungszonen. Das können tektonische und auch nicht-tektonische Bruchstellen sein.«

»Okay, so weit komme ich gerade noch mit. Aber was genau ist jetzt das Problem? Der Plattendolomit ist also nicht dicht. Na und?«

Wieder prustete Reinhard los.

»Das ist sogar ein gewaltiges Problem! An den Bruchstellen kommt es nämlich zu *Verdrängungsketten*: Dann treten geogenes Salinarwasser und die Salzabwässer in den Unteren Buntsandstein über. Da dieser —«

»Moment, Moment!«, unterbrach David. »Das ging mir jetzt zu schnell. Verdrängungsketten? Geo...was für Wasser?«

»Geogenes Salinarwasser«, wiederholte Reinhard. »In bestimmten Tieflagen führt der Plattendolomit sogenanntes Formationswasser. Sozusagen im Gestein enthaltenes Wasser, das nicht vom Menschen hergestellt, verursacht oder beeinflusst wurde. Dieses Formationswasser entsteht nämlich vielmehr durch die Vermischung mit Subrosionslauge aus dem liegenden Salinar.«

David schüttelte den Kopf.

»Am Schluss hab ich jetzt leider kein Wort mehr verstanden. Aber wenn ich Sie richtig interpretiere, heißt das: Dieses Formationswasser ist demnach...salzhaltig?«

»Korrekt«, krächzte Reinhard.

»Wenn nun also die Kalilauge in den Plattendolomit versenkt wird, vermischt sich diese dann mit dem Formationswasser?«

»Zum Teil, ja. Das Hauptproblem sind aber eher die von mir beschriebenen Ketten: Die Salzabwässer verdrängen das geogene Salinarwasser an den Bruchstellen nach oben in den Unteren Buntsandstein und wandern zum Teil später auch selbst dahin ein. Der Untere Buntsandstein ist jedoch aufgrund seiner Mächtigkeit ein bedeutender Grundwasserleiter und wird mithilfe von Tiefbrunnen zur Trinkwassergewinnung genutzt.«

Als hätte jemand einen Schalter umgelegt, setzte sich das anfängliche Chaos aus Fragen und fremden Begriffen in Davids Kopf nun nach und nach zu einem Gesamtbild zusammen.

»Wollen Sie damit etwa sagen, dass das Trinkwasser durch diese...Verdrängungsketten...in Gefahr ist?«

»Sie müssen wissen, dass Kalilauge einen sehr hohen Salzgehalt besitzt«, erklärte Reinhard. »Bis zu zweihundertfünfzigtausend Milligramm Chlorid pro Liter. Bei Süßwasser sind es nur etwa zehn bis fünfzig Milligramm.«

»Verstehe ich Sie also richtig: Das Trinkwasser würde durch die Vermischung mit den Salzabwässern unbrauchbar werden?«

»Hmh-hmh«, stimmte der Geologe zu. »Und wir sprechen hier von einem Verhältnis von eins zu tausend! Ein Kubikmeter Kalilauge kann rund tausend Kubikmeter Süßwasser versalzen. Da dieser Prozess außerdem unumkehrbar ist, könnten die Brunnen dann auch nie wieder in Betrieb genommen werden.«

Für immer unbrauchbar, wiederholte David in Gedanken. Er versuchte, sich die ungeheure Dimension vorzustellen, von der Reinhard gesprochen hatte.

Was um alles in der Welt versuchte da jemand zu vertuschen? David drängte sich allmählich eine düstere Vorahnung auf.

APC…APC…Was konnten diese Buchstaben nur bedeuten? Auf jeden Fall hatte Borowski noch nie im Leben von ihnen gehört. Während er die Friedrich-Ebert-Straße zurück zur Friedenskirche hinaufging, dachte er angestrengt nach. Wie konnte er nur herausfinden, was sich hinter diesen Buchstaben verbarg?

Er zückte sein Smartphone, entsperrte die Tastatur und startete den Browser. Da Google bereits als seine Startseite eingestellt war, gab er sofort die drei Buchstaben ein. Aber wie sollte man bei so vielen Einträgen überhaupt etwas finden?

American Power Conversion, A.P.C. Online Store, Association for Progressive Communications.

Das hörte sich weiß Gott nicht nach der richtigen Spur an.

APC Propellers, APC Clothing, Allround Pest Control.

Das wurde ja immer besser!

APC Mail, APC Finances, Archäologischer Park Cambodunum, Adenomatous Polyposis Coli, Academic Preparation Course, APC Gebrauchtmaschinen.

Das brachte ihn alles überhaupt nicht weiter. Borowski musste die Suche irgendwie präzisieren.

Vielleicht hatte Rosenberg ja etwas mit APC zu tun? Er fügte den Namen des Regierungspräsidenten in die Suchzeile ein.

Außer einem Wikipedia-Eintrag zeigte Google ihm noch weitere Ergebnisse an: *Rosenberg bei Thema Wind nicht neutral, Grußwort des Schirmherrn Dr. Gustav Rosenberg, Rosenberg: Windkraft-Vorwürfe der FDP sind absurd*, lauteten die ersten Überschriften. Das hatte also auch nicht die gewünschten Ergebnisse gebracht.

Dann startete Borowski noch einen letzten Versuch. Er gab die Begriffe in die Suchzeile ein und wartete, was die Webseite ihm diesmal ausspuckte. Schon als er den ersten Eintrag sah, blitzte es in seinen Augen auf.

Das ist es!, dachte er.

David wollte seinen Mentor am liebsten sofort informieren, was er über die Verpressung in Erfahrung gebracht hatte. Aber mit einem einfachen Anruf wäre das nicht getan; dazu mussten sie sich sehen. Auch, um ihr weiteres Vorgehen zu besprechen. Da der Stinkstiefel jedoch auf seinem Handy wieder mal nicht zu erreichen war, blieb David also nur noch eine Lösung: Er musste zu ihm fahren. Direkt in die Höhle des Löwen.

Er rief in der Redaktion an, erfragte dort Borowskis Adresse und schwang sich aufs Rad. Durch die Karlsaue, vorbei an der BuGa und am Wahlebach entlang, fuhr er nach Lohfelden. Er folgte dem Radweg bis ins Zentrum, wo er in die Straße hinter der Gesamtschule bog. Mit ihren Verkehrsinseln, den Einfamilienhäusern und den separierten Gärten wirkte das Viertel auf ihn wie der wahr gewordene Spießertraum.

David fuhr an einer Tennisanlage vorbei und stand dann vor Borowskis Grundstück. Er folgte der Hecke, die um das Haus herum führte, betrat den gepflasterten Weg zur Tür und stellte sein Rad unter dem Carport ab.

Dem Stinkstiefel entglitten alle Gesichtszüge, als er die Tür öffnete. Zum Glück kam jedoch schon kurz darauf seine Frau dazu und rettete die Situation, indem sie das peinliche Schweigen unterbrach.

Nachdem David bisher nur mit ihr telefoniert hatte, bekam er Carola Borowski nun zum ersten Mal zu Gesicht: Sie musste Anfang fünfzig sein, war verhältnismäßig klein und trug kurze, blondierte Haare. Trotz ihres Alters zierten jugendliche Züge ihr Gesicht, und obwohl sie ihre Rettungsringe erfolglos unter einer weiten Bluse versteckte, sah sie dennoch aus, als ob sie immer noch gerne regelmäßig Sport trieb.

Nach dem Essen, auf dem Carola bestanden hatte, schlug Borowski vor, nach oben zu gehen. Die beiden Männer setzten sich auf den Balkon, von wo man auf den selbstgebauten Wintergarten heruntersah.

»Ich hab vorhin mit einem Hydrogeologen telefoniert«, fing David an zu erzählen. »Was ich von dem erfahren habe, wird Sie interessieren.«

Sein Mentor verzog das Gesicht.

»Einem Hydro…was?«

»Hydrogeologie ist die Wissenschaft vom Wasser in der Erdkruste«, klärte David ihn auf. »Hauptsächlich geht's da um Wechselwirkungen mit verschiedenen oberirdischen Einflüssen und so weiter.«

Schon bei dem Wort *Wissenschaft* hatte der Stinkstiefel angewidert die Augenbrauen verzogen. Stumm nippte er an seinem Bier, das er sich mit auf den Balkon genommen hatte. Während er zuhörte, ließ er wieder einen Kuli durch seine Finger wandern.

»Herr Reinhard hat mir geholfen, den Bericht zu verstehen.«

Um ein Haar hätte Borowski sein Bier ausgespuckt.

»Scheiße! Du hast dem Kerl davon erzählt?«

»Keine Sorge, er weiß von nichts.«

Erleichtert würgte der Stinkstiefel den Schluck herunter.

»Ich hab mir von ihm nur ein paar Begriffe erklären lassen. Ohne die hätte ich diesen ganzen Kram wahrscheinlich niemals verstanden.«

»Und, jetzt biste schlauer?«

»Wie Sie wissen, geht's in dem Bericht um die Verpressung von Salzabwässern. Wie die funktioniert, brauche ich Ihnen ja nicht mehr zu erklären? Was Sie in Ihrem Artikel über die Pressekonferenz neulich allerdings nicht erwähnt haben, sind die Risiken.«

Kurz und knapp setzte David seinen Mentor über die hydraulische Verdrängung und die Versalzung der Tiefbrunnen in Kenntnis. Borowski schüttelte währenddessen ununterbrochen den Kopf.

»Ach, komm schon, Mao!« Genervt ließ er seine Arme von der Stuhllehne fallen. »Ich kenne diese vermeintlichen Gefahren.«

»Ich glaube, Sie verstehen das nicht!« David beugte sich vor und kramte den Bericht aus seiner Hosentasche. »Es geht hier um eine akute Trinkwassergefährdung im gesamten Werratal!«

Borowski verkniff die Augenbrauen.

David, der den Bericht wieder und wieder durchgegangen war, weil er seinen Inhalt einfach nicht glauben konnte, hatte etliche Stellen angestrichen. Jetzt blätterte er zu den brisantesten Aussagen vor.

»Auch bei verminderten Versenkdrücken und Versenkmengen muss im Plattendolomit-Grundwasserleiter eine weitere Verdrängung geogener Grundwässer erfolgen. Es ist zu erwarten, dass die im Gesamtzeitraum der Versenkung in der Größenordnung von mehreren hundert Millionen Kubikmetern in den Buntsandstein übergetretenen, geogenen Salzwässer und Salzabwässer sich dort weiter ausbreiten«, zitierte er.

»Kannste mir das vielleicht auch übersetzen?«, grummelte Borowski.

David nickte.

»Soll heißen: Selbst wenn WerraSalz ab sofort weniger Kalilauge verpresst, wird es trotzdem weiterhin zu einer Verdrängung von salzhaltigem Gesteinswasser in den Buntsandstein kommen - und damit auch in den Grundwasserleiter! Und zwar in einer Größenordnung von mehreren hundert Millionen Kubikmetern!«

»Moment, Moment!«, hakte sein Mentor ein. »Hat WerraSalz nicht immer behauptet, dass bisher keine Salzabwässer im Grundwasser nachgewiesen wurden?«

»Stimmt. Bisher nicht.«

Der Stinkstiefel zischte durch die Zähne.

»Pf, was soll dann dieser ganze Zirkus?«

David hob eine Hand und zitierte weiter.

»Dabei ist es plausibel, dass derzeit noch keine Salzabwässer nachgewiesen werden konnten. Aufgrund des erheblichen Dichteunterschieds unterschichtet das Salzabwasser das geogene Salzwasser und führt zu dessen Aufstieg in höhere Bereiche des Buntsandsteins. Eine potentielle Bedrohung der Trinkwassergewinnung besteht daher zurzeit in erster Linie durch geogene Salzwässer und weniger, beziehungsweise nur in eng begrenzten Bereichen, durch aufsteigende Salzabwässer.«

Borowski schien sich langsam an die schwer verständliche Sprache zu gewöhnen. Schlagartig hatte sich der Ausdruck in seinen Augen verändert.

»Was steht da noch drin?«

David blätterte weiter.

»Insbesondere eine Lokalisierung sowohl des in den Buntsandstein übergetretenen geogenen Salzwassers, als auch des versenkten Salzabwassers ist noch immer nicht möglich.«

»Soll das heißen, dass die nicht wissen, wo das ganze Zeug...abgeblieben ist?«

David nickte.

»Hier! Das müssen Sie sich auf der Zunge zergehen lassen: Demnach sind bisher schätzungsweise sechshundert Millionen Kubikmeter Salzabwasser und circa vierhundert Millionen Kubikmeter geogenes Salzwasser in den Buntsandstein übergetreten.«

»Scheiße«, flüsterte Borowski.

Während er nachdachte, starrte er wortlos auf den Wintergarten. Der Kuli drehte weiter unaufhaltsam seine Runden.

Dann beugte Borowski sich über den Tisch, und mit einem Mal funkelten seine Augen wieder wie vorhin im Café.

»Und steht da auch irgendetwas drin, ob es zu einer Gefährdung des Trinkwassers kommen kann?«

David las weiter vor.

»Die Auswertung der zeitlichen Entwicklung der Rohwasserbeschaffenheit zeigt für eine Reihe von Trinkwassergewinnungsanlagen des Werra-Kaligebiets deutliche Trends zur Erhöhung der Gesamtmineralisation. Eine durch nachströmendes und hochkonzentriertes Salzwasser auch kurzfristig eintretende Gefährdung der Trinkwasserversorgung kann nicht für alle Gewinnungsanlagen ausgeschlossen werden. Daher besteht die begründete Besorgnis, dass steigende Mineralisationen des Grundwassers auf die Salzabwasserversenkung zurückzuführen sind. Das kann mittel- bis langfristig, bzw. bei einem Durchschlagen von Salzwasser auch kurzfristig, dazu führen, dass die Trinkwassernutzung eingeschränkt oder unterbunden wird.«

Nachdem David fertig zitiert hatte, sah der Stinkstiefel ihm eine Zeit lang stumm in die Augen.

Kein Wunder, dass irgendjemand diesen Bericht hatte zurückhalten wollen! Die Frage war nur: *Wer*? Wem hatte etwas daran gelegen, dass der Bericht erst im Regierungspräsidium angekommen war, *nachdem* man die Verlängerung der Genehmigung bereits auf der Pressekonferenz verkündet hatte? Hatte Rosenberg etwa auch hier seine Finger im Spiel gehabt?

Nachdem sie über den Bericht gesprochen hatten, wollte

Mao wissen, was im Eberts passiert war. Borowski erzählte ihm von der Kellnerin, von Leon, dem Kampfhund, und von den drei Buchstaben.

»APC, APC…Sagt mir nichts«, kommentierte David.

Borowski versuchte, sich an alles zu erinnern, was Google ihm ausgespuckt hatte.

»Bei APC handelt es sich sehr wahrscheinlich um ein nordamerikanisches Unternehmen mit dem Namen *American Potash Corporation*. Der zweitgrößte Kaliproduzent der Welt.«

»Konkurrenten von WerraSalz?«

»Hmh-hmh«, brummte Borowski. »APC wurde Ende der Siebziger als Staatsunternehmen gegründet. Neunundachtzig kam die Privatisierung, und kurz danach ging es auch schon an die Börse. In den Neunzigern haben die sich dann alles auf dem amerikanischen Markt an die Brust gerissen, was nicht niet- und nagelfest war. Fünf Mitstreiter haben die geschluckt.«

David dachte eine Zeit lang nach. Er bemerkte nicht, dass Carola nach oben auf den Balkon kam und ihm ein Wasser brachte.

»Also, Mao«, holte Borowski ihn schließlich wieder aus seinen Gedanken. »Streng mal dein rotes Hinterstübchen an: Wie passt das alles zusammen? Rosenberg, die Affäre mit Olja, der Bericht, APC?«

David schüttelte den Kopf.

»Ich kann mir beim besten Willen keinen Reim darauf machen.« Er nippte an seinem Glas und wischte sich danach den Mund ab. »Glauben Sie immer noch, dass Rosenberg in der Sache mit drin hängt?«

Borowski nickte.

»Na, und ob! Der sitzt so tief in der Scheiße, dass er gar nicht mehr oben rausgucken kann.«

»Aber wir wissen doch noch gar nicht genau, um was für eine...Scheiße...es sich hier überhaupt handelt«, gab David zu bedenken. »Ich meine, seine Affäre mit Olja, das Treffen...Muss doch nicht zwingend etwas miteinander zu tun haben?« Er nahm die Hände hoch, faltete sie vor der Brust und sah damit aus wie das Unschuldslamm in Person. »Vielleicht ist das ja alles auch total harmlos?«

Borowski zog die Augenbrauen hoch.

»Das sagst ausgerechnet *du*? Nach all dem, was du über WerraSalz in Erfahrung gebracht hast?«

Doch Mao hatte Recht: Das Einzige, was sie wirklich mit Sicherheit wussten, war, dass Rosenberg eine Studentin gevögelt, sich mit den Vorstandsmitgliedern von WerraSalz womöglich über deren größten Konkurrenten unterhalten hatte, und dass für irgendjemanden im Regierungspräsidium der Bericht des HLUG zu brisant gewesen war. Trotz allem fehlte ihnen immer noch das entscheidende Teil, ohne das dieses Puzzle einfach keinen Sinn ergab.

»Also«, sagte Borowski. »Was nun?«

David sah ihm in die Augen. Mit einem Mal hatte sich sein Blick verändert. Das Unschuldslamm war verschwunden, und jetzt sah er vielmehr wie ein Boxer aus, der zu allem bereit war. Kurz davor, in den Ring zu steigen.

Nachdem David ihm seinen riskanten Plan erklärt hatte, wusste Borowski auch, warum.

9

Zuerst stellte er das destillierte Wasser in einem Becherglas auf die Platte und erhitzte es auf achtzig Grad. Währenddessen mörtelte er die Kügelchen, bis sie ein weißes Pulver ergaben, und löste es bis zur Sättigung in dem erhitzten Wasser auf. Anschließend kühlte er das Becherglas auf fünf Grad herab und stellte die Lösung in die Schüssel mit dem eiskalten Wasser.

Jetzt gab er die Säure dazu. Unter ständigem Rühren tröpfelte er sie mit einer Pipette hinein und achtete darauf, dass das Thermometer nicht über dreißig Grad stieg. Die Lösung wurde dickflüssiger, und am Boden bildete sich ein weißer, salzähnlicher Niederschlag. Das war der Stoff, den er brauchte! Mit nur zweihundertfünfzig Gramm davon würde er *die* schon zum Einlenken kriegen!

Nachdem er die Säure hinzugegeben hatte, rührte er noch ein paar Minuten weiter. Dann goss er die Lösung durch eine Glasnutsche, damit das Salz im Filter hängen blieb und die Säure abfloss. Anschließend wusch er das kristalline Salz, indem er es mehrmals mit dem Lösungsmittel durchspülte.

Als das Produkt ausgedünstet war, löffelte er es vorsichtig aus dem Glasfilter. Auf einer Untertasse ließ er es trocknen und stellte es anschließend zu den anderen Portionen in den Backofen. Bei fünfzig Grad Ober- und Unterhitze warteten sie dort auf die Vollendung seines Plans. Er lächelte, während er den Ofen vorsichtig schloss.

Auch bei seinem fünften und letzten Durchgang war alles glatt gelaufen.

David versank in dem Sessel und rückte sein T-Shirt zurecht. Vor ihm stand ein Tonic Water, in dem mehrere Eiswürfel klimperten. Nervös sah er auf die Uhr: Für den Fall, dass Rosenberg wirklich angebissen hatte, war er schon eine Viertelstunde überfällig.

Dem Regierungspräsidenten eine Nachricht zu hinterlassen, war seine Idee gewesen. Mit unterdrückter Nummer hatte er angerufen, und da Rosenberg nicht in seinem Büro gewesen war, hatte er seine Sekretärin gebeten, ihm etwas auszurichten.

Ich begeistere mich für Ihren Einsatz für Studentinnen in Not! Treffen um zwölf im Restaurant „Zum Rüssel" am Autohof Lohfelden. Hochachtungsvoll, John Doe.

Borowski hatte das für journalistisches Harakiri gehalten. Beim Regierungspräsidenten anrufen und ihn mit dem Video erpressen?

Obwohl der Plan nicht kompliziert war, hatte David ihn ganz genau erklärt: Sie würden bluffen und Rosenberg weismachen, dass sie über alles Bescheid wüssten. Denn für David war die ganze Sache inzwischen zu einem politischen Pokerspiel geworden. Was blieb ihnen also anderes übrig, als *All In* zu gehen? Irgendwie musste Rosenberg schließlich reagieren, und vielleicht sprang er ja sogar auf ihren Erpressungsversuch an. Das Video, das ihn mit Olja in Aktion zeigte, war dabei nur eines der drei Asse, die sie auf der Hand hatten.

Den Treffpunkt hingegen hatte der Stinkstiefel ausgewählt. Die Lounge im Restaurant am Autohof Lohfelden, fernab vom Trubel der Stadt, hielt er für den idealen Ort. Im Dämmerlicht des Kamins würde sie dort garantiert niemand erkennen. Nachdem David schließlich um kurz vor zwölf das Lokal betreten hatte, war er auf direktem Weg im hinteren Bereich eingekehrt.

Nun saß er hier, vor einer cremeweißen Natursteinwand mit eingelassenem Kamin, versunken in einem Designersessel mit hohen Armlehnen, und hatte trotzdem das Geschehen direkt im Blick. Der Stinkstiefel hatte Recht: Dieser Ort war perfekt. Bei diesem schummrigen Licht würde sie wirklich niemand erkennen. Und welcher normale Mensch vermutete schon den Regierungspräsidenten an einem Autohof?

David fasste prüfend in seine Manteltasche: Die DVD war immer noch da. Es war also alles angerichtet. Die Show konnte beginnen. Fehlte nur noch die Hauptattraktion.

Als Borowski sah, wie Rosenberg aus dem Audi stieg, ließ er sich tief in seinen Sitz sinken. Im Seitenspiegel beobachtete er den Fahrer, der dem Regierungspräsidenten die Tür aufhielt und einen prüfenden Blick über den Parkplatz warf. Er war ein durchtrainierter Muskelprotz, der mit seinem raspelkurzen Bürstenhaarschnitt und den tätowierten Unterarmen eher wie ein Knacki auf Freigang aussah.

Borowski und David waren sich schnell einig geworden, dass Mao dieses Gespräch allein führen musste. Denn immerhin war es nicht auszuschließen, dass Rosenberg ihn wiedererkennen würde. Womöglich hätte er dann sofort Lunte gerochen und wäre direkt wieder abgedampft. Deshalb würde Borowski im Wagen bleiben und über das Funkmikrofon, das sie beim HNA-Radio aufgetrieben hatten, das Gespräch mithören. Gleichzeitig sollte es von einem Programm auf Davids Laptop aufgezeichnet werden.

Mann, der sieht aber gar nicht gut aus!, dachte Borowski,

als Rosenberg inzwischen deutlich im Seitenspiegel zu erkennen war. Die dunklen Ringe unter seinen Augen schienen seit der Pressekonferenz sogar noch größer geworden zu sein. Sein Blick wirkte kraftlos, genauso wie seine gequälten Schritte, mit denen er sich zum Eingang schleppte.

Nachdem der Regierungspräsident in dem Restaurant verschwunden war, richtete Borowski sich wieder auf. Im Rückspiegel verfolgte er, wie der Knacki-Fahrer in den Audi stieg und außer Sichtweite fuhr. Dann beobachtete er mit Spannung die gläserne Fassade des Restaurants.

»Er ist da«, flüsterte David. Die Aufnahme klang einwandfrei, und auch auf dem Bildschirm schlugen deutliche Pegel aus.

Ab jetzt war Mao also auf sich allein gestellt.

Er war es! Diesen Schnauzer würde er auf einen halben Kilometer Entfernung noch wiedererkennen. Während sich der Regierungspräsident der Kaminlounge näherte, richtete David sich auf und streckte seinen Rücken gerade. Das Spiel konnte beginnen!

Pre-Flop: Der Dealer teilte die Karten aus. David wusste, dass er drei Asse auf der Hand hatte. Jetzt kam es also nur noch darauf an, sie richtig auszuspielen.

Rosenberg begrüßte ihn kühl.

»Sie verstehen, wenn ich Ihnen nicht die Hand gebe«, sagte er, während er sich mühsam in einen Ledersessel gegenüber quetschte. Er sah äußerst mitgenommen aus, und um ein Haar hätte David sogar Mitleid mit ihm gehabt. Doch dann schossen ihm wieder diese Bilder durch den Kopf: Der verschwitzte Körper, der auf Olja herumrutschte, und die tierischen Laute, die Rosenberg von sich gab, bis er sich wenige Minuten später wieder von ihr herunterrollte.

Bei der Bedienung mit der Igelfrisur bestellte David ein weiteres Tonic. Rosenberg schüttelte den Kopf, und so schlich die junge Frau davon.

»Ich hätte sie älter geschätzt«, sagte er, nachdem er sein Gegenüber eine Zeit lang taxiert hatte. Doch davon wollte David sich nicht beeindrucken lassen. Mit ihm würde Rosenberg keine Spielchen spielen! Diese Partie lief nach *seinen* Regeln!

»Alt genug zu wissen, was *das* hier für Sie bedeutet«, erwiderte er. Er kramte die DVD aus seiner Manteltasche und legte sie vor ihnen auf den Glastisch. Als Rosenberg die Papierhülle sah, machte er ein Gesicht, als hätte man ihm eine geladene Beretta an den Kopf gehalten.

»Was ist das?«

Das erste Ass, du Scheißkerl!, dachte David.

»Ach, nur die Aufzeichnungen einer versteckten Videokamera aus einem Hotelzimmer.«

Rosenberg fuhr mit den Fingern an seinen Brillengläsern entlang.

»Wo haben Sie die her?«

»Mit Verlaub, Herr Regierungspräsident: Sie stellen die falschen Fragen.«

Die Bedienung kam zurück und brachte das Tonic. David wartete, bis sie wieder in Richtung Kasse verschwunden war.

»Ich wusste gar nicht, dass Sie neben dem Amt noch eine Schauspielkarriere anstreben?«

»Einverstanden. Genug vom Vorspiel. Wie viel wollen Sie?«

David schüttelte den Kopf.

»Kein Geld. Ich will die Wahrheit!«

»Pf, die *Wahrheit*«, zischte Rosenberg. »Sie können die Wahrheit doch gar nicht vertragen.«

Eine Zeit lang starrte er apathisch an die Natursteinwand und in das Feuer des Kamins. Immer wieder fuhren seine Finger an dem Rand seiner Brille entlang.

»Also gut«, sagte er schließlich. »Ich erzähle Ihnen, was Sie hören wollen. Dafür lassen Sie dann dieses...*Ding* da für immer verschwinden?«

David nickte. Nur über meine Leiche!, dachte er.

Rosenberg sah sich zu allen Seiten um. Dann beugte er sich leicht über den Tisch.

»Ich habe sie zum ersten Mal vor etwa einem Jahr getroffen,« fing er an zu erzählen. »Meistens haben wir uns ein bis zwei Mal pro Woche gesehen.«

»Immer im Deutschen Hof?«

Rosenberg schüttelte den Kopf.

»Überall dort, wo sie ihre speziellen...*Vereinbarungen* getroffen hatte. Die Nachtportiers bekamen ihr Geld, und dafür stellten sie ihr dann auch keine lästigen Fragen.«

»So ähnlich muss es dann ja wohl auch in der Nacht von Sonntag auf Montag abgelaufen sein?«

Schlagartig wurde Rosenbergs Blick klar wie Eiswasser. Er fixierte David, beugte sich noch weiter über den Tisch und streckte ihm seinen Zeigefinger entgegen. Zweifellos eine warnende Geste, und zusammen mit seiner vibrierenden Stimme wirkte er auf einmal ziemlich einschüchternd.

»Eigentlich frage ich mich nur noch, *warum* Sie sie umgebracht haben?«, setzte David ihn trotzdem weiter unter Druck. »Wollte sie vielleicht mit Ihrem...*Techtelmechtel*...an die Öffentlichkeit gehen? Für die Regenbogenpresse wäre das doch ein gefundenes Fressen gewesen. Oder haben Sie ihr etwa vom Bericht des HLUG erzählt?«

Rosenbergs Kinnlade klappte herunter wie ein Kipplaster.

Das war das zweite Ass!

»Sie wissen von dem Bericht?«, fragte Rosenberg.

David nickte.

»Wo haben Sie den her? Das ist ein Dienstgeheimnis, zum Teufel!«

»Und wir beide wissen auch genau, warum, habe ich Recht?«

Als hätte er dem Regierungspräsidenten damit sämtlichen Wind aus den Segeln genommen, starrte dieser ihn ein Zeit lang wortlos an.

»Sie wissen nicht, was Sie da tun«, sagte Rosenberg schließlich, nachdem er eine Weile in seinen Gedanken versunken war. Seine Stimme hatte aufgehört zu vibrieren, und jetzt klang er fast schon wieder so besonnen wie am Anfang.

»Sie haben ja keine Ahnung!«

»Dann erleuchten Sie mich!«, forderte David. »Entweder das, oder...Na ja, wie soll ich sagen? So eine Schlagzeile hätte wahrscheinlich nicht mal Mutter Theresa in einem Amt überlebt.«

Wieder starrte der Regierungspräsident stumm an ihm vorbei.

Was wohl gerade in ihm vorging? War er jetzt endlich bereit auszupacken? Oder überlegte er etwa, ob und wie er aus dieser Sache wieder herauskommen konnte?

»Sie werden mir wahrscheinlich nicht glauben«, flüsterte er. »Aber wir haben uns geliebt.«

David prustete los.

»Pretty Woman, oder wie? Ein hohes Tier, das sich in eine Prostituierte verliebt?«

»Für mich war sie weit mehr als das.« Rosenberg ließ seinen Kopf hängen und nestelte nachdenklich mit seinen Händen. »Ich hätte meine Frau für sie verlassen, verstehen Sie? Ich wollte sie da rausholen.«

»Ein neues Leben anfangen, nach dem Amt?«

Der Regierungspräsident nickte und wischte sich eine Träne aus dem Gesicht.

»Haben Sie Ihr deswegen von der Trinkwassergefährdung erzählt? Weil Sie sich ihr so nah gefühlt haben?«

Diesmal schüttelte Rosenberg energisch den Kopf.

»Der Bericht hat nicht das Geringste damit zu tun!«

Das war der Moment für das dritte Ass!

David beugte sich zu ihm über den Tisch.

»Dann wohl eher mit APC?«

Jetzt flackerten die Augen seines Gegenüber mit dem Kaminfeuer um die Wette.

»Oder haben Sie Bäumler, Casey und Peters etwa auch nur ihre Lovestory erzählt?«

»Sie...haben...keine...Ahnung!«, wiederholte Rosenberg und schüttelte weiter heftig den Kopf. »Männer, Frauen, Familien. Mehr als viertausend Existenzen! Sind Ihnen diese Menschen denn alle völlig egal?«

David konnte nicht glauben, was er hörte. Das fragte ausgerechnet *er*?

»Sie haben leicht reden«, fuhr der Regierungspräsident fort. »Sie können hier sitzen, dieses Zeug schlürfen und große Reden schwingen.« Als hätte er während seiner letzten Schweigephase aus einer ungeahnten Quelle neue Kraft geschöpft, blies er plötzlich zum Angriff. »Verantwortung haben Sie allerdings keine. Sie müssen den Menschen nicht erklären, warum Sie ihr Leben zerstören, und das alles nur, um das ökologische Gewissen von irgendwelchen...*Spinnern* zu befriedigen, die zudem auch noch in Wiesbaden hocken.«

Um ein Haar hätte David sein Glas nach ihm geworfen.

»Bitte? Hier geht's doch nicht um irgendeine seltene Froschart, die vom Aussterben bedroht ist. Es geht um eine akute Gefahr für eine *ganze Region*!« Um seiner Aussage Nachdruck zu verleihen, tippte er mehrmals auf den Tisch. »Wenn die Tiefbrunnen erst einmal versalzen sind, wo holen Sie denn dann das Trinkwasser her?«

»Dieser Bericht ist doch pure Schwarzmalerei!«, schoss Rosenberg zurück.

»Ach, wurde er deshalb zurückhalten?«

Der Regierungspräsident schnaubte verächtlich durch die Nase.

»Außerdem: Wie hätte der Bericht WerraSalz denn überhaupt gefährlich werden können?«

»Ach, jetzt kommen Sie schon! So naiv können Sie doch gar nicht sein.«

David überlegte, worauf Rosenberg damit anspielte.

»Sie meinen die Genehmigung?«

Sein Gegenüber rollte mit den Augen.

»Was denn sonst?« Rosenberg verschränkte die Arme, legte seinen Kopf in den Nacken und starrte zur Decke. »Was glauben Sie wohl, wäre los gewesen, wenn wir diesen Bericht früher erhalten hätten? Ohne Genehmigung hätten die den Laden doch auch gleich dichtmachen können.«

»Was? Denen geht's doch spitzenmäßig!« David lehnte sich zurück und streckte die Beine aus. »Mehrere Milliarden Umsatz im letzten Jahr? Klingt für mich nicht gerade nach

Bedürftigkeit.«

Rosenberg antwortete nicht, sondern griff in die Innentasche seines Jacketts, kramte einen Zettel heraus und breitete ihn auf dem Tisch aus.

Auf den ersten Blick erkannte David darauf nur eine einfache Strichzeichnung, die wie ein Gebirge aussah: So stieg der Berg steil bis zur Spitze an, gefolgt von einem breiten Plateau, und schoss anschließend nach unten ins Tal. Er las die Überschrift: *Entwicklung der Kalipreise am Weltmarkt.*

»Sehen Sie, was da seit Ende zweitausendelf passiert?«, fragte Rosenberg und zeigte auf die Abbildung. Ganz offensichtlich war der Preis von vierhundertachtzig auf vierhundertzwanzig Dollar gefallen. »Wie alle anderen kämpft auch WerraSalz mit den sinkenden Kalipreisen. Durch die vielen Produzenten ist das Angebot groß, und die Nachfrage geht immer mehr zurück.« Er zeichnete den Verlauf des Diagramms mit seinem Finger nach. »Also heißt es: Rette sich, wer kann! Die Großen suchen ihr Heil im Angriff.« Er nahm das Papier vom Tisch, faltete es mehrere Male und ließ es dann wieder in seinem Jackett verschwinden. »Deshalb hat APC ein freundliches Übernahmeangebot für WerraSalz abgegeben. Natürlich wird man das Angebot ablehnen. Wahrscheinlich wird es dann jedoch nicht mehr lange dauern, bis APC es mit einer feindlichen Übernahme versucht.«

David schüttelte irritiert den Kopf. *Freundliche* und *feindliche* Übernahme? Wovon sprach Rosenberg da überhaupt?

Der Regierungspräsident schien diese Fragen in seinem Blick zu lesen. Er rückte seine Brille zurecht und fing an zu erklären.

»*Freundlich* bedeutet, dass der Kaufinteressent ein Angebot macht, in dem Vorstand, Aufsichtsrat, Belegschaft und Aktionäre ihre Interessen gewahrt sehen, sodass sie gewillt sind zuzustimmen. *Feindlich* dagegen heißt, dass der Interessent sich direkt an die Aktionäre wendet. Wenn diese das Angebot annehmen, werden die Aktien also gegen den Willen des Übernahmeziels verkauft.«

So weit kam David noch mit.

»Steckt da irgendeine Strategie dahinter?«, fragte er. »Was verspricht APC sich davon?«

»Nun, die würden damit über Nacht zur weltweiten Nummer eins aufsteigen!«, antwortete Rosenberg. »Und dann würde sowohl in den Gruben, als auch an den anderen Standorten von WerraSalz wahrscheinlich schon sehr bald das Licht ausgehen.«

»Aber wieso sollte APC die Gruben schließen? Die könnten sich doch auch die Kapazitäten zunutze machen?«

Rosenberg schüttelte den Kopf.

»Viel zu teuer. Bei den ganzen Umweltauflagen hier? Da bleiben die mit ihrer Produktion lieber in den USA.«

»Ach, jetzt sind die Ökos also wieder schuld?«

Der Regierungspräsident wischte diese Bemerkung mit einer Handbewegung beiseite.

»Mittelfristig ist APC natürlich nur am Vertrieb von WerraSalz interessiert. Die wollen sich die Kunden unter den Nagel reißen, sonst gar nichts.«

»Verstehe. Einfach alle wegbeißen, die mit vom Kuchen essen?«

Rosenberg nickte. Einen der größten Konkurrenten aus dem Spiel zu nehmen und sich dabei selbst von heute auf morgen auf die Pole Position zu heben, würde wohl für jedes

Unternehmen einen enormen Anreiz darstellen.

»Wie hoch war das freundliche Angebot?«, fragte David.

Der Regierungspräsident streckte ihm vier Finger entgegen.

»Vierzig pro Aktie. Macht insgesamt rund acht Milliarden Euro.«

Als David diese Zahl hörte, bekam er einen Hustenanfall. Für ihn, der kaum mehr als ein paar tausend Euro auf dem Konto hatte, kamen diese Zahlen aus einer völlig anderen Dimension.

Während er zur Beruhigung einen Schluck Tonic trank, kam ihm bereits seine nächste Frage in den Sinn.

»Wer sind denn eigentlich die…wie sagt man?«

»Hauptaktionäre?«, fragte Rosenberg. David nickte. »WerraSalz gehört zu fünfzehn Prozent dem russischen Chemiekonzern *RusChem* und zu weiteren acht der amerikanischen Investmentgruppe *WhiteValley*.«

»Und die Mitarbeiter? Halten die nicht auch oft ein paar Aktien?«

Der Regierungspräsident winkte ab.

»Die Belegschaft besitzt nur knapp ein Prozent der Anteile. Macht also zusammen vierundzwanzig Prozent. Der Rest befindet sich im Streubesitz.«

»Und kann man die Übernahme nicht irgendwie…blockieren?«

»Nein, nicht wirklich. Der einzige Weg wäre eine *Sperrminorität*. Aber für die braucht man mindestens fünfundzwanzig Prozent.«

»Aber denen das Leben schwer machen, das könnten sie doch? Entscheidungen hinauszögern, so was in der Art?«

»Keine Chance.« Rosenberg klang jetzt wie ein Apokalyptiker. »Wenn es APC wirklich gelingt, fünfundsiebzig Prozent der Anteile von WerraSalz zu kaufen, können sie sich die anderen fünfundzwanzig über einen sogenannten *Squeeze Out* - eine Art Zwangsverkauf - auch noch unter den Nagel reißen.« Er presste seine Hände zusammen, als würde er eine Zitrone zerquetschen. »Glauben Sie mir: Es gibt nur noch eine Möglichkeit. Der Fall ist ganz einfach: Wäre der Bericht früher angekommen, hätte es keine neue Genehmigung gegeben.«

»Das hätten Sie der Öffentlichkeit nicht verkaufen können«, erklärte David sich selbst.

Rosenberg nickte.

»Der Aktienkurs wäre ins Bodenlose gestürzt. Dann hätte eigentlich nur noch gefehlt, dass wir WerraSalz eine Schleife umbinden.«

»Also alles nur, um den Preis zu halten?«

»Uns blieb doch gar keine andere Wahl! Nur wenn der Deal für diese...Gauner...auch weiterhin zu teuer bleibt, haben die vielen tausend Familien überhaupt noch eine Chance.«

»Finden Sie das nicht etwas...zu dick aufgetragen?«

Wieder scannte ihn Rosenberg mit einem Blick. Nur, dass jetzt sogar noch mehr Verachtung in ihm lag als bereits zu Beginn ihres Treffens.

»Habe ich mit einer Prostituierten geschlafen? Ja, das habe ich«, setzte der Regierungspräsident zu einem Monolog an. »War das ein Fehler? Nein, denn ob Sie's glauben oder nicht, ich habe sie geliebt, und sie mich auch.« Ohne es zu wissen, legte er gerade das beste Geständnis ab, dass man sich nur wünschen konnte. »Hab ich dafür gesorgt, dass der

Bericht des HLUG zurückgehalten wird? Ja, das habe ich. Und eines versichere ich Ihnen: Sie würden hier nicht mehr so ruhig sitzen und diese Plörre trinken, wenn Sie wüssten, unter wessen Schutz ich stehe.«

David erschrak. Wollte ihm der Regierungspräsident damit etwa drohen?

»Sie meinen, es hängen —«

»Sie sind jetzt verdammt noch mal still!«, fuhr ihm Rosenberg in die Parade. »Hab ich mich mit diesen Vorstandsvorsitzenden getroffen? Ja, auch das habe ich.«

Plötzlich stand er auf, zog sein Jackett aus und legte es sich über den Arm.

»Ich würde all das wieder tun. Und wissen Sie warum? Weil es das *Richtige* war. Wenn Sie mich dafür durch den Dreck ziehen wollen, bitte schön. So wie's aussieht, kann ich Sie nicht davon abhalten. Aber das müssen Sie dann mit sich selbst ausmachen. Denn Sie haben jetzt die Wahl: Geben Sie den Familien eine Chance, oder zerstören Sie ihr Leben?«

Er sah David ein letztes Mal in die Augen und zeigte anschließend zur Decke.

»*Das hier* geht bis ganz nach oben. Eines kann ich Ihnen also versprechen: Wenn Sie sich für das Falsche entscheiden, werden Sie bald nicht mehr nur von ihrem Gewissen verfolgt.«

Den Showdown hatte Rosenberg klar für sich entschieden.

Mao schlurfte fünf Minuten nach dem Regierungspräsidenten aus dem Restaurant. Noch auf der Hinfahrt zum Autohof hatten sie ein geheimes Zeichen verabredet, und so hupte

Borowski zwei Mal kurz, als Rosenberg wieder in seinen Audi gestiegen und der Knacki-Fahrer wie ein Formel-Eins-Bolide vom Gelände geschossen war.

Während sie nun an der Ampel warteten, sprachen sie zunächst kein Wort miteinander. Stumm spielte die Rote Socke an dem Laptop herum und überprüfte die Aufnahmequalität.

»Er hat Recht«, urteilte Borowski schließlich und löste damit die Stille auf. »Ich möchte weiß Gott nicht in seiner Haut stecken. Viertausend Arbeitsplätze? Nur hier in der Region? Trinkwassergefährdung hin oder her.«

Mao sah ihn entgeistert an.

»Was soll denn das nun wieder heißen? Jetzt ist Rosenberg auf einmal das große Unschuldslamm, oder was?

»Quatsch! Der geile Bock war's auf jeden Fall! Auch wenn wir für die Tatnacht kein Geständnis haben: Die Indizien lassen da einfach keinen anderen Schluss zu.«

»Immerhin hatte er ein Motiv...«

»Eins? Der Gute hatte 'nen bunten Strauß voller schöner Motive.«

»Sie glauben also nicht, dass Olja in ihn verliebt war?«

Borowski pfiff durch die Zähne.

»Die hätte ihm wahrscheinlich sonst was erzählen können. Scheint wirklich sehr gerissen gewesen zu sein, die Kleine.«

»Okay«, sagte David. »Dann spielen wir's jetzt mal durch: Liebe hin oder her, die beiden treffen sich in verschiedenen Hotels der Stadt. Sie treiben es miteinander, und als Olja dann irgendwann rauskriegt, wem sie es da eigentlich besorgt —«

»Will sie aus der Sache noch mehr Profit schlagen«, schob Borowski ein. »Sie bläst Rosenberg Zucker in den

Arsch, und hofft, dass er ihr irgendwann vielleicht ein paar schlüpfrige Details verrät.«

Als die Ampel endlich umschaltete, bogen sie auf die Autobahn Richtung Kassel ab. Borowski drückte aufs Gas und beschleunigte in Sekundenschnelle auf hundertzwanzig, hundertvierzig, hundertsechzig.

»So weit, so gut«, sagte David, der sich jetzt wie ein Äffchen um den Haltegriff klammerte, mit zittriger Stimme. »Aber was passiert dann?«

»Na ja...Unser Onkel Gustav fühlt sich sicher bei ihr, und deshalb plaudert er eben ein bisschen aus dem Nähkästchen.«

»Sie meinen, Olja wusste von dem Bericht?«

»Was Sie da für 'nen dicken Fisch an der Angel hatte, muss ihr auf jeden Fall klar gewesen sein«, antwortete Borowski. »Deshalb beschließt sie ihn auszuquetschen. Sie setzt ihm die Pistole auf die Brust und sagt: Her mit dem Zaster, oder ich gehe zum nächsten Zeitungsfritzen.«

»Vielleicht ist sie auch erst durch Ihren Kollegen darauf aufmerksam geworden?«

»Ja, wäre möglich«, gab Borowski zu. »Wie auch immer, irgendwann nennt sie Rosenberg jedenfalls den Preis für ihre Verschwiegenheit. Weil unser Regierungspräsident aber nicht zahlen will, stellt er sie zur Rede. Ihm brennen die Sicherungen durch, und als er bemerkt, dass sie mausetot ist, sieht er zu, dass er Land gewinnt.«

Eine Zeit lang ließen sie alles auf sich wirken, während sie ein Auto nach dem anderen überholten. David sah weiter stur geradeaus. Sein Blick verriet, dass er angestrengt nachdachte.

»Also schreiben wir den Artikel?«, fragte er.

»Worauf du deinen roten Arsch verwetten kannst!«

Obwohl sie jetzt nur noch wenige hundert Meter von der Ausfahrt Niederzwehren entfernt waren, blieb Borowski bis zum Schluss auf der linken Spur und zog erst im letzten Moment rüber. Ein Fahrer auf rechten Spur startete ein wildes Hupkonzert.

»Übrigens: Glöckner, dieser Typ aus Hersfeld, hat mir etwas von einem *Runden Tisch* erzählt. Morgen um elf ist da 'ne Sitzung im Kongress Palais.«

David schüttelte den Kopf.

»Nie gehört.«

»Ist wohl so ein Gremium aus Vertretern von WerraSalz, Umweltverbänden, Behörden und Kommunen. Die arbeiten schon seit Jahren an verschiedenen Lösungsvorschlägen. Wir könnten dir einen Platz als Zuhörer klarmachen?«

»Und warum genau sollte ich da hin gehen?«

Borowski nahm eine Hand vom Steuer und klopfte David auf die Schulter. Die Rote Socke klappte zusammen wie ein Schnappmesser.

»Recherche, Mao, Recherche!«

David versuchte, sich wieder aufzurichten.

»Und was ist mit Naumann?«, fragte er. »Glauben Sie, der ist bei dem Artikel mit im Boot?«

»Den alten Haxe lass mal meine Sorge sein«, antwortete Borowski.

War ja klar, dass Naumann feuchte Hände bekam! Da legte Borowski ihm schon so eine Bomben-Story vor, und trotzdem wollte dieser Vogel sie nicht bringen. Sein weiblicher Exorzist zu Hause hatte also scheinbar schon ganze Arbeit geleistet: Seinen früher einmal ausgeprägten Mut zum Risiko hatte Naumanns Frau ihm jedenfalls erfolgreich ausgetrieben.

»Bist du dir ganz sicher?«, fragte er. »Was ist, wenn du dich täuschst?«

»Wie gesagt, wir haben das Video!«, antwortete Borowski. »Und die Aufnahme von Rosenberg.«

Haxe spielte mit Daumen und Zeigefinger an seinem Schnauzer.

»Du weißt genauso gut wie ich, dass uns das nichts nützt. Darauf können wir keinen Artikel aufbauen.«

»Aber alles spricht dafür, dass sie ihn erpresst hat!«

»Was noch lange nicht heißt, dass er sie auch wirklich aufm Gewissen hat.«

Borowski konnte es einfach nicht glauben. Aber vielleicht ließ sich der Ressortleiter ja auf einen Kompromiss ein?

»Gut, lassen wir das mit Rosenberg. Aber was ist mit dem Bericht? Damit könnten wir doch alles ins Rollen bringen? Wir drucken ihn ab, und schon läuft das Ganze wie von selbst.«

»Ich weiß nicht...« Naumanns Kopf pendelte hin und her. »Wirbelt das nicht zu viel Staub auf?«

Borowski zuckte mit den Schultern.

»Wer mit Hunden schläft, wacht mit Flöhen auf. So ist das nun mal.«

So etwas hatte er schon immer gehasst: Darauf zu warten, dass ein Vorgesetzter seine Eier wiederfand und sich zu einer Entscheidung durchrang. Doch langsam lief ihm die Zeit davon! Er wollte endlich anfangen zu schreiben.

»Also, was ist jetzt?«, fragte er. »Sekt oder Selters?«

David hatte noch am selben Nachmittag das Internet bemüht und sich ausgiebig über den Runden Tisch informiert. Das Gremium war gemeinsam durch die Landesregierungen von Hessen und Thüringen sowie die Unternehmensführung von WerraSalz ins Leben gerufen worden. Leiter des Gremiums war Hans Ludwig, ein emeritierter Jura-Professor, der als Experte sowohl für Umwelt- und Medienrecht, als auch in Fragen der Biopolitik galt. Seit 2008, als das Gremium zum ersten Mal getagt hatte, verfolgte es das Ziel, wirtschaftlich realistische Alternativen zur Verpressung zu finden und eine Empfehlung an die Politik abzugeben. Eine solche hatte der Runde Tisch dann sogar vor drei Jahren ausgesprochen: Man plädierte dafür, die Verpressung bis spätestens 2020 vollständig zu stoppen und dabei kontinuierlich die Mengen zu reduzieren. Als beste Lösung sprach man sich für eine Pipeline in die Ostsee aus, die so schnell wie möglich in Angriff genommen werden solle.

Am nächsten Morgen, an dem David das Pokern ausnahmsweise ausfallen ließ, machte er sich nach dem Frühstück direkt auf den Weg. So stand er um kurz vor elf vor dem Portikus des Kongress Palais und schaute an den Säulen des elfenbeinfarbenen Palasts hinauf zum Himmel. Durch den Eingang E gelangte er in den Aschrottflügel, wo sich der Rosensaal befand, in dem die Tagung stattfinden sollte. Vorbei an mehreren Personengrüppchen, die sich an Stehtischen im Foyer versammelt hatten, ging er in den zweiten Stock.

Der Saal bot Platz für genau achtundzwanzig Teilnehmer. Das Rednerpult war vor einer großen Steinwand aufgebaut worden, an der eine Leinwand von der Decke hing. Im Hintergrund flimmerte eine Powerpoint-Präsentation unbeachtet vor sich hin. Während die Mitglieder des Gremiums in der

Mitte des Saals Platz nahmen, waren für die Zuhörer mehrere Stühle an den Seiten vorgesehen.

Auf den ersten Blick kam David nur das Gesicht von Dr. Hermann Bäumler bekannt vor. Aus dem Augenwinkel beobachtete er den Vorstandsvorsitzenden von WerraSalz, der selbst einen prüfenden Blick durch den Saal wandern ließ. Als ob er bereits jetzt abschätzte, wer ihm in der zu erwartenden Debatte wohl die größte Gegenwehr leisten würde.

Einer der Mitglieder stieß zwischen all den Anzugträgern jedoch besonders hervor: Ein etwa Mitte fünfzig Jahre alter, großer Mann mit fülligem Gesicht, dessen filzige Zottelhaare unter einer Basecap herausguckten. Wegen seiner Kleidung - einer fleckigen Jeans und einem schlichten T-Shirt - sah er fast wie ein Fremdkörper aus, während seine ausgeprägte Nackenmuskulatur ihm zusätzlich etwas Bedrohliches verlieh.

Pünktlich um elf trat Prof. Dr. Ludwig ans Rednerpult. Zunächst lobte der Mann mit dem kreisrunden Haarausfall und der professoralen Brille die Verwaltung dafür, dass die neue Genehmigung so schnell im Internet zur Verfügung gestellt worden war. Dann übergab er das Wort an Jens Kohl, den Leiter der Abteilung Umwelt- und Arbeitsschutz des Regierungspräsidiums Kassel.

Kohl, ein hochgewachsener, älterer Mann mit eingefallenem Gesicht, stellte der Runde die Eckpunkte der Entscheidung vor. So genehmige das Regierungspräsidium zwar eine weitere Versenkung, fordere WerraSalz aber auch dazu auf, die Mengen kontinuierlich zu reduzieren. Außerdem solle das Unternehmen weiter an einer Lösung für die Zeit danach arbeiten.

David schüttelte den Kopf. Bis dahin war es doch schon

längst zu spät! Was für eine Farce war das hier eigentlich? Zumindest die Verpressung hätte man doch sofort stoppen müssen! Und wie er nun wusste, gab es nicht wenige Personen im Regierungspräsidium, denen diese Tatsache genauso bekannt war wie ihm.

Nach dem Abteilungsleiter kam Bäumler an die Reihe. Der Vorstandsvorsitzende erhob sich von seinem Stuhl, rückte seine Krawatte zurecht und kämpfte sich durch die Stühle nach vorn. Dann stützte er sich wie ein Profi mit beiden Händen auf das Pult und setzte ein selbstgefälliges Grinsen auf. Denn leider hatte er ja auch allen Grund zur Freude: WerraSalz war es gelungen, seine firmeneigenen Interessen durchzusetzen und die Politik an die Kandare zu nehmen. Dass sein Unternehmen dabei massiven Raubbau an der Natur betrieb und die Trinkwasserversorgung unzähliger Menschen leichtfertig aufs Spiel setzte, schien Bäumler jedoch keine schlaflosen Nächte zu bescheren.

»Meine Damen und Herren, liebe Gäste«, begann er seine Rede. »Für uns stellt die Versenkung derzeit den einzig belastbaren Entsorgungsweg dar. Die neue Genehmigung, für die wir dem Regierungspräsidium danken, hat uns allerdings nur einen kleinen Spielraum für die nächsten Jahre verschafft. Aus unserer Sicht wird eine Nutzung des Untergrunds deshalb auch nach 2015 dringend erforderlich sein.«

Jetzt meldete sich plötzlich der Stiernacken zu Wort. Davids Nebenmann klärte ihn im Flüsterton auf, dass es sich bei dem Mann um Jürgen Bar, den Vorsitzenden einer wichtigen Bürgerinitiative, handelte.

»Wollen Sie damit etwa sagen, dass Sie diese Scheiße noch länger in den Boden pumpen werden?«, fragte Bar.

Bäumler beäugte ihn aufmerksam und drehte sich dann

kaum erkennbar zu ihm herum.

»Ich kann Ihnen versichern, dass wir die Errichtung der Fernleitung in die Ostsee, wie sie dieses Gremium empfohlen hat, mit höchster Intensität vorantreiben.«

Bar pfiff durch die Zähne. Auf seiner Stirn pumpte eine dicke Wutader.

»Das ist doch alles nur hohles Geschwätz! Am liebsten würden sie einfach immer so weitermachen! Sie haben hier oft genug betont, dass Ihnen diese Pipeline viel zu teuer ist.«

»Deshalb haben wir konkrete Alternativvorschläge gemacht«, erwiderte Bäumler kühl und warf dem Vorsitzenden der Bürgerinitiative einen Blick zu, als sei er eine lästige Fliege auf seiner Schulter. »Zum Beispiel die Neue Integrierte Salzlaststeuerung.«

»War ja klar, dass Sie wieder mit Ihrer scheiß NIS kommen!« Bar schüttelte energisch den Kopf. »Damit ist doch überhaupt nichts gewonnen! Alles bleibt beim Alten! Sie verpressen die Scheiße weiter, und wenn Ihnen der Wasserstand dann gerade mal in den Kram passt, holen Sie das Zeug wieder hoch und leiten es in die Werra ein!«

»Das ist eine unzulässige Vereinfachung«, konterte Bäumler. Er machte den Eindruck, als würde er nun zum Angriff übergehen. »Für das Maßnahmenpaket haben wir vierhundert Millionen Euro in die Hand genommen. Vierhundert, meine Damen und Herren!« Mit seiner raumgreifenden Stimme und der erhobenen Hand sah er jetzt fast wie Marktschreier aus. »Zeigen Sie mir auch nur ein einziges Unternehmen in Deutschland, dass eine solche Bereitschaft an den Tag legt, die Umweltbestimmungen einzuhalten.«

Auf dieses Stichwort entbrannte eine hitzige Diskussion. Die Sitzung nahm immer mehr Fahrt auf. Es ging hin und her, Hiebe und Stiche, wie beim Fechten, und schon bald hatte Ludwig alle Hände voll damit zu tun, das Ganze nicht völlig aus dem Ruder laufen zu lassen. Als er nicht mehr weiter wusste, ordnete er eine kurze Pause an, damit sich die Gemüter etwas beruhigen konnten. Bar, der immer noch Schaum vorm Mund hatte, sprang auf und flitzte aus dem Saal.

Den kralle ich mir!, dachte David. Sein Bauch sagte ihm, dass *das* der Mann war, mit dem er sprechen musste. Er hastete die Treppe herunter und heftete sich an Bars Fersen.

Doch der Stiernacken war einfach viel zu schnell. In Windeseile sprintete er aus dem Aschrottflügel nach draußen auf den Vorplatz. Durch die Glasfassade sah David, wie er scharf nach links in die Kattenstraße bog. Als er erkannte, worauf Bar so energisch zusteuerte, blieb David abrupt stehen.

Es fühlte es sich an, als hätte ihm jemand den Hals zugeschnürt.

TEIL DREI

All In

10

David stand im Foyer und begriff nicht, was er sah. Ungläubig schaute er dem Nissan Evalia hinterher, in dem Jürgen Bar davonfuhr.

Der Wagen passte genau auf die Beschreibung, die Lea und Stella ihm gegeben hatten! Ein schnittiger Van in silbergrau, mit Schiebetüren auf beiden Seiten, ziemlich heruntergekommen.

Klar, davon gab es viele. Konnte also natürlich alles auch nur ein Zufall sein. Aber was, wenn es das nicht war? War der Vorsitzende der Bürgerinitiative etwa auch ein Kunde von Olja gewesen? Hatte Bar sich mit ihr vergnügt? War er dafür extra nach Kassel gefahren? Wusste er davon, dass Olja es mit Rosenberg getrieben hatte? Oder hing er etwa auch in dieser ganzen Sache mit drin? Wenn ja, was war dann seine Rolle in diesem Spiel gewesen?

Zu viele Fragen schwirrten in Davids Kopf herum. Um Antworten zu finden, musste er mehr über Jürgen Bar und die Bürgerinitiative erfahren. Am besten würde ihm das vermutlich dort gelingen, wo der Verein ansässig war: in Bad Sooden-Allendorf.

Borowski hatte mal wieder sein Handy ausgestellt, und so konnte David ihn nicht über seine neuen Erkenntnisse informieren. Also nahm er am Bahnhof Wilhelmshöhe die Tram Richtung Hauptbahnhof und fuhr mit dem Regionalzug durch das Werratal, am Fuße des Hohen Meißner entlang, nach Bad Sooden-Allendorf. Während der Fahrt informierte er sich mithilfe seines Smartphones über die Bürgerinitiative: Der Verein *Rettet das Werratal e.V.* war vor sieben Jahren gegründet worden und zählte aktuell rund tausend Mitglieder. Damals war er aus einer Gruppe umweltfreundlicher Angler, die sich zunächst nur in Gaststätten getroffen hatten, hervorgegangen. Jürgen Bar hatte dabei von Anfang die Rolle einer Galionsfigur eingenommen. Er war das Zugpferd. Der Kopf des Ganzen. Der unangefochtene Chef.

David kam um kurz nach vier am Bahnhof der kleinen Stadt an. Er folgte der Straße, die ihn am Kurtheater vorbei in eine Fußgängerzone mit Fachwerkhäusern, engen Gassen und zahlreichen Cafés führte. Er schritt die Häuser ab, bis er zu einer Pension kam, die von außen einen gemütlichen Eindruck machte.

Das *Feldmann* stellte sich als eine dieser typischen Kurort-Pensionen heraus. Eingerichtet in zeitlosem Stil, irgendwo zwischen modern und antiquiert, mit Holzmöbeln im Allerwelts-Design und verstaubten Mosaik-Lampen an melonengelben Wänden. Im Hintergrund trällerte Musik der Achtziger aus dem Radio.

David ging nach hinten in den Sitzbereich und nahm am Fenster Platz. Bei der freundlichen Bedienung bestellte er einen kleinen Snack.

»Se sinn wohl nich von hier?«, fragte die Frau mit thüringischem Akzent. Als er bejahte, listete sie ihm stolz die Attraktionen der Stadt auf: Zum Beispiel das Gradierwerk, außerdem das Stadttor mit Sonnenuhr, und natürlich die Pfennigstube, in dem sich früher das Zollamt befunden hatte. Während sie sprach, strahlte sie über das ganze Gesicht.

Würde er vielleicht von ihr etwas über die Bürgerinitiative erfahren? Offenbar kannte sie sich in der Stadt sehr gut aus. Möglicherweise konnte sie ihm ein paar Details über den Vorsitzenden erzählen.

»Sagt Ihnen der Name *Jürgen Bar* etwas?«, fragte David vorsichtig.

Mit einem Mal gefror das Lächeln der Frau zu Blitzeis. Sekundenlang starrte sie ihm wortlos in die Augen.

»Was wollense von dem?«, fragte sie zurück, und klang nun kalt wie Marmor. Aus dem Augenwinkel sah David, dass ihn plötzlich auch noch weitere Gäste anstarrten. Irritiert winkte er ab und versuchte so harmlos wie möglich zu klingen.

»Ich interessiere mich nur für seine Bürgerinitiative. Vielleicht könnten Sie —«

»Warum lassense den Mann nich einfach in Ruhe?«, funkte ein Mann vom Nachbartisch dazwischen. »Hatter denn nich schon genuch gelitten?« Seine Stimme klang kräftig genug, um Nüsse mit ihr zu knacken. »Sindse einer von denen?«

»Entschuldigen Sie, aber ich weiß nicht, wovon Sie —«

»Ich glaube, Se sollten jetz besser verschwinden«, unterbrach die Bedienung.

Inzwischen verfolgten auch die übrigen Gäste ihre Unterhaltung. David spürte, dass sie ihn anstarrten, als sei er ein ekelerregendes Insekt. Er nickte stumm, und als er daraufhin sein Portemonnaie zückte, packte ihn die Bedienung kräftig am Arm.

»Sehense lieber zu, dass se wegkommen!«

Schockiert stolperte er zurück in den Eingangsbereich und an der Theke vorbei zur Tür. Sogar die Gäste, die draußen an den liebevoll gedeckten Tischen saßen, schienen ihm wütende Blicke hinterherzuschicken. Was zum Geier stimmte denn *hier* nicht?

Doch ganz offensichtlich hatte David die richtigen Fragen gestellt. Denn eines konnte er den Reaktionen im Feldmann entnehmen: Jürgen Bar war in der Stadt bekannt wie ein bunter Hund. Jetzt musste er also nur noch eine Person finden, die ihm gegenüber etwas aufgeschlossener sein würde.

Kurz nachdem er die Pension verlassen hatte und in Richtung Pfennigstube davongeschlichen war, tippte ihm plötzlich jemand auf die Schulter. David schnellte herum und sah in das Gesicht einer ihm unbekannten Frau.

»Ich hab mitbekommen, was da gerade im Feldmann passiert ist«, sagte sie. Sie sah sich zu allen Seiten um, streckte sich neben ihm auf ihre Zehenspitzen und flüsterte: »Sie wollen etwas über Jürgen erfahren?«

David nickte verhalten.

»Dann kommen sie mit.« Sie zog ihn am Ärmel sanft zu sich. »Ich glaube, es ist an der Zeit, mein Schweigen zu brechen.«

Haxe hatte also tatsächlich den Schwanz eingezogen. Er würde die Story nicht bringen. Einfach zu riskant, hatte er gesagt.

Aber davon würde Borowski sich nicht aufhalten lassen! Entschlossen, den Artikel trotzdem zu schreiben, setzte er sich zurück an seinen Schreibtisch. Dann erweckte er sein Handy zum Leben, das er wie immer zur Redaktionskonferenz ausgeschaltet hatte. Sofort blinkte ein verpasster Anruf auf.

Was wollte denn die Rote Socke jetzt schon wieder von ihm? Und außerdem: Nahm Mao nicht gerade an dieser Sitzung des Runden Tisches teil? Bestimmt war ihm einfach nur langweilig geworden. Borowski beschloss, ihn erst später zurückzurufen.

Dann, nachdem er das Schreibprogramm gestartet hatte, klingelte plötzlich wieder sein Handy: Es war *sie*.

»Hey, Onkel Dagobert!« Wie sooft klang ihre rauchige Stimme nicht gerade wie die einer Frau in den Zwanzigern.

»Schätzchen, ich bin an der Arbeit«, antwortete er. »Wir hatten doch ausgemacht, dass du mich nur zu bestimmten Zeiten anrufst!«

Sie prustete los.

»Aye, Aye, Sir!«

»Also, was gibt's? Brauchste schon wieder mehr Knete fürs Lotterleben?«

»Eigentlich wollte ich nur fragen, ob du am Wochenende zur Abwechslung nicht mal ein bisschen mit mir abhängen möchtest?«

Borowski überlegte, und ließ währenddessen wieder einen Kuli durch seine Finger wandern. Natürlich hatte er Lust dazu. Allerdings würde er sich dann wieder mal eine Lüge für seine Familie ausdenken müssen, und obwohl er das nun schon viele Jahre tat, hatte er trotzdem nie ein gutes Gefühl dabei.

»Nun, falls du einen Sack voller schmutzigem Geld mitbringst, werde ich dich bestimmt nicht aufhalten«, schob sie hinterher und lachte. Auch Borowski konnte sich ein Lächeln nicht verkneifen.

»Also gut«, sagte er. »Geht klar. Bis auf das mit der Kohle, versteht sich. Morgen Abend also?« Er zückte seinen Terminkalender und trug für Samstag den Namen *Sandra* ein.

»Ist geritzt!«, antwortete sie. »Dann freue ich mich auf

morgen. Mach's gut, Papa!«

Gemächlich spazierten sie am Gradierwerk vorbei und gelangten durch eine Unterführung nach Allendorf. Dem anderen Teil der Stadt, wo sich die Verwaltung, der Marktplatz und die Kirche befanden. Während sie nebeneinander in die Richtung der beiden Werrabrücken trotteten, machte sich David auf die Schnelle ein Bild von der Frau, die ihn in der Fußgängerzone angesprochen hatte: Anke Vogel war eine eher gebrechliche Person, mit ungepflegten Haaren, die knapp über ihre Schultern reichten, und einer gegerbten Lederhaut, die ganz offensichtlich ihr Zigarettenkonsum verursacht hatte.

»Sie müssen wissen, die Leute hier reagieren bei diesem Thema alle etwas...allergisch«, erzählte sie, während sie einen Glimmstängel aus ihrer Stoffhose fischte. »Für viele ist Jürgen so etwas wie 'n Heiliger.«

»Und woher kennen *Sie* ihn?«, fragte David. »Sind Sie etwa auch Mitglied in der Bürgerinitiative?«

Sie nickte. »Ist ja für 'ne gute Sache. Dass die einfach immer weiter diesen Dreck in die Erde pumpen?«

Auf der ersten Brücke angekommen, blieb sie plötzlich stehen, nahm einen tiefen Zug und zeigte mit der Zigarette zwischen den Fingern nach Süden.

»Ich bin Lehrerin, da drüben, in der Rhenanus-Schule. Wissen Sie, Jürgen hat da immer kräftig die Werbetrommel gerührt. Im Lehrerzimmer, auf Elternabenden, Schulfesten und so. Er war auch Lehrer bei uns.«

»*War*?«, wiederholte David.

Sie nickte erneut. »Ist vor drei Jahren zwangsbeurlaubt

worden. Danach hat er leider nie wieder so richtig Fuß gefasst.« Ihr Blick fiel nach unten, wo sie mit ihren Schuhen an einem Stein spielte. »Damals hat es hier so Gerüchte gegeben. Wirklich hässliche Sachen sind da gelaufen. Irgendeine Schülerin hatte Jürgen beschuldigt, dass sie von ihm in der Dusche missbraucht worden sei.«

»Missbraucht?«, wiederholte David. »Scheiße.«

Damit hatte er nun wirklich nicht gerechnet. Doch langsam schien die Geschichte interessant zu werden! Jedenfalls flüsterte ihm sein kleiner Mann im Ohr zu, dass er auf der richtigen Fährte war.

»Und, hat er?«

Anke Vogel schüttelte energisch den Kopf.

»Auf keinen Fall!« Sie nahm den letzten Zug an ihrer Zigarette und drückte sie anschließend an dem Brückengeländer aus. »Ich weiß selbst, dass er manchmal etwas...schwierig ist. Er kann sehr engstirnig sein. Vor allem, wenn es um so Umweltthemen geht. Da ist er schon immer der Verbissenste von uns gewesen. Aber so etwas hätte er niemals getan! Dafür lege ich meine Hand ins Feuer!«

»Und wie lautet dann Ihre Erklärung für diese Gerüchte? Hat sich die Schülerin das alles nur ausgedacht?«

»Nun, genau das hat sie später ja gestanden. Hatte sich wohl für 'ne schlechte Note rächen wollen, weil sie der Meinung war, dass sie nur wegen Jürgen sitzengeblieben sei. Er selbst hat dem Mädchen aber nie geglaubt.«

David schüttelte irritiert den Kopf.

»Was? Wieso? Damit waren die Anschuldigungen doch aus der Welt, oder etwa nicht?«

»Sie müssen wissen, das alles ist vor knapp drei Jahren

passiert«, erklärte Anke Vogel. »Damals befand sich unsere Bürgerinitiative in einer Art...Hochphase. Die Leute strömten förmlich nur so zu uns: von hier aus der Stadt, aus anderen Gemeinden, und zum Teil sogar aus ganz Deutschland.«

Doch David verstand immer noch nicht.

»Okay, aber…Wie genau hängt das jetzt zusammen?«

»Jürgen hat damals immer wieder ziemlich merkwürdige Anrufe bekommen. Drohungen, verstehen Sie? Dass es ihm an den Kragen geht, wenn er WerraSalz nicht in Ruhe lässt und so weiter.«

»Wollen Sie damit etwa andeuten, dass er —«

»Jürgen war überzeugt, dass das Unternehmen da seine Finger mit im Spiel hatte«, schob sie hinterher. »Dass sie das Mädchen bestochen hätten, um die Initiative aus dem Weg zu räumen.«

Anke Vogel kramte eine neue Zigarette aus ihrer Hosentasche, zündete sie an und inhalierte ein paar hektische Züge.

»Was ihnen ja auch mehr oder weniger gelungen ist. Einen solchen Einfluss wie damals hat die Initiative heute jedenfalls nicht mehr. Wenn WerraSalz also tatsächlich versucht haben sollte, Jürgen und damit auch die Initiative zu diskreditieren, ist ihnen das auf jeden Fall gelungen.«

»Trotz des Geständnisses der Schülerin?«

»Nun, wenn Sie einem Huhn den Kopf abschlagen, läuft es danach ja auch noch für ein paar Minuten weiter auf dem Hof herum. Bei uns war es ähnlich: Indem sie Jürgen in ein dunkles Licht gerückt haben, wurde der Initiative sprichwörtlich der Kopf abgeschlagen.«

Kurz vor dem Ende der Brücke blieben sie ein weiteres Mal stehen. Anke Vogel stützte sich auf das Geländer und schaute in die Ferne. David lauschte dem gleichmäßigen

Rauschen der Werra unter ihren Füßen.

»Er ist also nie wieder in den Schuldienst zurückgekehrt?«, fragte er.

Sie schüttelte den Kopf.

»Jürgen hat seinen Beruf geliebt. Aber nach der Sache mit dem Mädchen wollte ihn einfach niemand mehr einstellen. Hat alles sehr an ihm genagt, wissen Sie? Von da an ging es einfach nur noch steil bergab mit ihm.«

»Inwiefern?«

»Simone, seine Frau, hat ihm nicht geglaubt. Als sie das von dem Mädchen erfahren hat, ist sie noch am selben Tag abgehauen. Jürgen hat sie und seine Tochter nie wieder gesehen.«

Anke Vogel nahm einen tiefen Zug und blies den Rauch durch die Nasenlöcher.

»Das hat ihm sichtbar den Stecker gezogen. Seitdem hat er sich immer weiter gehen lassen. Inzwischen sieht er fast so aus, als würde er in Mülleimern nach Pfandflaschen suchen.«

David versuchte sich das alles vorzustellen: Das, was Jürgen Bar durchgemacht hatte, klang in der Tat nach einer Geschichte, die man nicht einfach mal eben so wegsteckte.

»Gleichzeitig ist WerraSalz immer mehr zu seinem Feindbild geworden«, erzählte Anke Vogel weiter. »Er hat sie für alles verantwortlich gemacht. Dafür, dass er nie wieder als Lehrer arbeiten wird, und natürlich auch dafür, dass er jetzt noch nicht einmal mehr eine Familie hat. Obwohl für all das nie auch nur der Funke eines Beweises existierte.«

Eine Zeit lang sah sie gedankenverloren auf die Werra, während sie in kurzen Abständen an ihrer Zigarette zog.

»Er ist immer mehr abgedreht, wissen Sie? Wollte WerraSalz um jeden Preis das Handwerk legen und so.«

Dann drehte sie sich herum und legte David eine Hand auf die Schulter. Ihre Augen verrieten ihm, dass ihr das, was sie jetzt sagen würde, sehr schwer fiel.

Endlich war es soweit! Die Portionen waren getrocknet. Vor ihm lag das kristalline Salz und funkelte wie abertausende kleine Diamanten.

Jetzt hatte er genug für seinen Plan zusammengemischt. Gramm für Gramm löffelte er das Salz durch einen Trichter in das Kunststoffdöschen. Dann mischte er es mit den zerbrochenen Rasierklingen und presste alles vorsichtig zusammen. Zum Schluss grub er eine schmale Spalte hinein und füllte sie mit dem Pulver der abgeriebenen Streichholzköpfe.

Behutsam brach er die Glühbirne, die er aus einer alten Lichterkette geknipst hatte, mit einer Zange auf. Als der Glühfaden frei lag, führte er ihn langsam in das Pulverdöschen ein. Er friemelte die Verkabelung durch die schmale Öffnung in dem Kunststoffdeckel, die er mit einem Handbohrer hineingefräst hatte, und als er sicher war, dass sich auch wirklich kein Salz an dem Verschluss gesammelt hatte, schraubte er das Döschen wieder zu. Jetzt musste er also nur noch das Handy präparieren!

Vor ein paar Tagen hatte er in einem kleinen Laden in Kassel ein gebrauchtes Sony Ericsson mit Tastenfeld und anschließend in einem Discount-Supermarkt eine Prepaid-Karte gekauft, die er im Internet unter falschem Namen registrierte. Er schraubte die Verkleidung des Geräts ab und bohrte ein Loch in das Gehäuse. Anschließend hebelte er mit einer Messerspitze vorsichtig den Bildschirm heraus und suchte nach der Stromzufuhr. Jeweils ein Kabel lötete er an die Plus- und Minuspole, schob anschließend beide Kabel durch die Öffnung im Gehäuse und schraubte das Handy ohne Tastenfeld wieder zu. Nun brauchte er nur noch die Kabelstränge mit einer Lüsterklemme zu verbinden, das Handy mit doppelseitigem Klebeband auf dem Kunststoffdeckel zu befestigen und es mehrmals mit Gaffa zu umwickeln.

Das gesamte Paket rollte er sanft in ein Handtuch ein und legte es achtsam in einen Schuhkarton. Die Ränder polsterte er mit der Füllwatte seiner Sofakissen, klebte den Deckel wiederum mit Gaffa zu und wickelte alles zu guter Letzt in eine Schutzschicht aus Zeitungspapier, Bettlaken und Stoffdecken.

Zusammen mit dem Overall, dem Arbeitshemd und dem Plastikhelm verstaute er das Paket in seinem Van. Obwohl er mit geöffneter Schiebetür an das Scheunentor heranfuhr, damit ihn niemand beobachtete, ging er so unauffällig wie möglich vor. Nicht, dass ihm so kurz vor dem Ziel noch jemand einen Strich durch die Rechnung machte!

David sah Anke Vogel fragend an.

»Wie viele Personen waren an dieser Abspaltung denn beteiligt?«

»Insgesamt sieben«, antwortete sie. »Allerdings ist Jürgen auch hier von Anfang das Alphatier gewesen. Bis er sich dann vor ein paar Wochen mit Wolfgang diesen...Machtkampf geliefert hat. Mich haben solche Dinge ja nie interessiert. Ehrlich gesagt bin ich sowieso nur irgendwie in diese

Sache reingeschlittert.« Sie schaute wieder gedankenverloren auf die Werra, auf deren Oberfläche Sonnenstrahlen tanzten. »Hab mich ja auch schon oft gefragt, ob das alles so richtig ist. Aber was hätten wir denn tun sollen? Zugucken, wie die einfach weitermachen?«

»Trotz Ihrer Zweifel sind Sie geblieben?«

Sie nickte.

»Nur mit Quatschen hätte sich ja nichts geändert. Das sehe ich im Übrigen auch heute noch so.«

»Was haben Sie also vorgehabt?«

»Na ja, kleinere...Aktionen halt. Diesen widerlichen Bäumler mit Drohbriefen einschüchtern, zum Beispiel.«

»Aber dabei ist es nicht geblieben?«

Sie schüttelte den Kopf.

»Jürgen war das alles viel zu lasch. Für ihn waren wir nur Heulsusen, die den Schwanz einzogen, wenn es denn mal um die Wurst ging.«

»Und was genau schwebte ihm so vor?«

»Keine Ahnung. Größere Sachen«, antwortete sie und fuchtelte mit ihrer Zigarette wild in der Luft herum. »Nicht so Kinkerlitzchen eben.«

»Aber… Hätte er sie denn auch wirklich umgesetzt?«, fragte David. »Vielleicht zur Not sogar...allein?«

Sie zuckte ratlos mit den Schultern.

Dann griff David in seine Umhängetasche. Zum Glück hatte er immer noch Oljas Foto aus der Zeitung dabei.

Nachdem Anke Vogel es eine Zeit lang betrachtet hatte, streckte sie das Foto von sich weg, als ob sie mit all dem nichts mehr zu tun haben wollte. David sah, dass eine Träne an ihrer Wange herunterlief.

»Ich hab sie ein paar Mal bei Jürgen zu Hause gesehen«,

erzählte sie mit zittriger Stimme. »Aber woher hätte ich denn wissen sollen, dass *so etwas* passiert?«

David legte einen Arm um ihre Schulter.

»Erklären Sie mir, was da vorgefallen ist?«

Sie schluchzte. Dann zückte sie eine neue Zigarette aus ihrer Hosentasche und steckte sie an.

»Jürgen ist bei einem unserer Treffen auf diese Idee gekommen. Er meinte, wir müssten die Kleine auf Rosenberg ansetzen, um ihn zu erpressen.«

»Wegen der Genehmigung, meinen Sie?«

Anke Vogel nickte.

»Was haben die anderen dazu gesagt?«

»Ich bin von Anfang an dagegen gewesen. Den anderen war es mehr oder weniger egal, wie immer eigentlich. Mitmachen wollten sie zwar nicht, aber so richtig dagegen waren sie eben auch nicht.«

David kramte ein Taschentuch aus seinem Parka und reichte es ihr.

»Wann haben Sie Olja also zum letzten Mal gesehen?«

»Oh, da muss ich überlegen.« Anke Vogel sah zum wolkenlosen Himmel und kniff angestrengt die Augen zusammen. »Vor zwei Wochen? Da hab ich sie neben ihm im Van sitzen gesehen.«

Der Van!, dachte David.

»Und Bar? Wann haben Sie zuletzt mit ihm gesprochen?«

»Am Dienstag. Direkt nachdem ich von dem Mord gelesen hab.« Sie deutete David mit einem Kopfnicken, dass sie weitergehen wollte. »Ich musste einfach nur noch raus aus allem, verstehen Sie? Raus aus dem, was Jürgen und ich miteinander hatten. Aber vor allem natürlich auch raus aus der

Gruppe.«

»Und hat er das denn so einfach geschluckt?«

Sie pfiff durch die Zähne.

»Er hat natürlich versucht, mich zum Bleiben zu zwingen. Dass er mich und die anderen auffliegen lassen würde und so weiter, wenn ich ihm in den Rücken falle.«

Mittlerweile näherten sie sich der Straße, die zwischen den Fachwerkhäusern hindurch zum Berg hin leicht anstieg und in einem Bogen direkt zum Marktplatz führte.

Eine letzte Frage lag David jedoch nach wie vor auf den Lippen. Die ganze Zeit hatte er sie mit sich herumgeschleppt. Die entscheidende Frage, obwohl er bis vor kurzem noch überzeugt gewesen war, schon längst eine Antwort auf sie zu wissen.

Jetzt stellte er sie trotzdem.

Die Rote Socke quasselte so schnell, dass Borowski kein Wort verstand. Maos Stimme überschlug sich wie ein Turner am Reck.

»Langsam, langsam!«, unterbrach ihn Borowski. »Wo bist du überhaupt?«

»In Bad Sooden-Allendorf«, antwortete David. »Sie hat gesagt, er könnte es gewesen sein!«

»*Wer* könnte *was* gewesen sein?«

»Na, Bar! Der Vorsitzende der Bürgerinitiative. Der mit am Runden Tisch sitzt.«

»Nie gehört.«

»Er hat Olja auf Rosenberg angesetzt! Angeblich wollte sie das Spiel aber nicht mehr länger mitmachen.«

Nur langsam löste sich der Knoten in Borowskis Kopf.

»Von wem hast du das alles?«

»Von einer Frau, die aus der Initiative ausgestiegen ist«, antwortete David. »Aber hören Sie, wir haben jetzt echt keine Zeit mehr für Erklärungen. Sie müssen sofort hierher kommen!«

Borowski pfiff durch die Zähne.

»Du bist witzig. Ich sitze an dem Artikel.«

»Vergessen Sie den!« Mao schrie so laut ins Telefon, dass Borowski kurz das Handy von sich stecken musste. »Checken Sie das denn nicht?«

»Flache Bälle, Kollege! Komm du erst mal wieder in die Redaktion, dann sehen wir weiter.«

»Scheiße! Dann mache ich hier eben alleine weiter.«

»Was meinst du?«

»Bar natürlich!«, schnaubte David. »Ich statte ihm einen Besuch ab und quetsche so viel wie möglich aus ihm raus.«

»Der, von dem du glaubst, dass er die Kleine aufm Gewissen hat?«

Das lange Schweigen entpuppte sich als eindeutige Antwort.

»He, Sportsfreund, keine dummen Sachen, comprende?«

»Ich ruf später noch mal an«, sagte Mao und legte auf.

Was hatte dieser Spinner denn jetzt schon wieder in den falschen Hals bekommen?

Jürgen Bars Haus lag in Bad Sooden, gegenüber des Gradierwerks. Anke Vogel hatte lange gezögert, bis sie schließlich doch mit der Adresse herausgerückt war.

Nun stand David vor dem Fachwerkhaus, das wie ein

verlassener Bauernhof aussah. Es machte einen verwahrlosten Eindruck: An den Wänden bröckelte der Putz, offene Müllsäcke flogen wie Steppenläufer über den Hof, und hinter den Fenstern mit den vergilbten Gardinen war kein Lebenszeichen zu erkennen. Für die Pflege des Grundstücks hatte sich offensichtlich niemand mehr wirklich interessiert.

Da sich selbst nach mehrmaligen Klingeln nichts regte und auch der Van nirgendwo zu sehen war, schlich David ums Haus. Auf der Rückseite entdeckte er ein Holztor, das zu einer Scheune gehörte, die an das Haupthaus grenzte.

Jürgen Bar schien erst vor kurzem aufgebrochen zu sein. Alles sah danach aus, als habe er das Grundstück Hals über Kopf zurückgelassen. Verdächtig kam David dabei vor allem das Schloss an der Scheune vor, das nicht korrekt eingehängt worden war, sodass es an dem Holztor hin und her baumelte.

Nervös sah er sich um: Weit und breit war niemand zu sehen. Totenstille schien über der Stadt zu liegen.

Sollte er sich wirklich trauen? Was, wenn er sich täuschte und doch jemand zu Hause war? Vielleicht hatte Bar ihn aus dem Fenster beobachtet und dabei zugesehen, wie er ums Haus geschlichen war? Was, wenn er ihn während seines Spaziergangs mit Anke Vogel verfolgt und deshalb den Braten gerochen hatte? Vielleicht war das geöffnete Schloss nur eine Falle? Möglicherweise lauerte Bar in seiner Scheune und wartete nur darauf, ihn mit einem Spaten niederzuschlagen?

Aber trotzdem: Er musste jetzt einfach da rein! David zog den Bügel heraus, schob den Riegel zur Seite und öffnete das Tor gerade so weit, dass er sich durch einen Spalt hineinquetschen konnte. Nur langsam gewöhnten sich seine Augen an die Dunkelheit, sodass die anfangs kargen Umrisse nach und nach zu klareren Konturen wurden. Vorsichtig tastete er nach dem Lichtschalter. Die Glühbirne, die von der Decke baumelte, leuchtete so hell, dass er sich eine Hand vor die Augen halten musste. Als ihn das Licht nicht mehr blendete, nahm er sie wieder herunter und sah sich um: Zum Glück war von einem gewaltbereiten Hausbesitzer keine Spur.

Sein Blick fiel auf einen Motorblock, der in der Mitte des Raums thronte. Offensichtlich war Bar ein passionierter Schrauber und hatte bereits fleißig an dem Motor herumgetüftelt. Auf dem Betonboden flimmerten mehrere kleine Ölpfützen.

Im hinteren Teil der Scheune entdeckte David außerdem einen rostigen Kühlschrank, eine verkalkte Spüle und einen uralten Backofen. Daneben sprang ihm eine Arbeitsfläche ins Auge, auf der sich zahlreiche Reagenz- und Bechergläser, Kolben, Spritzflaschen aus Kunststoff, Pipetten, Thermometer, Filter, Rührstäbe, Plastikschüsseln, Messbecher, eine Heizplatte, Schraubenzieher, ein Mörser und ein Lötkolben tummelten. Besonders seltsam wirkte jedoch die Schaufensterpuppe, die ihn unbeirrt anzustarren schien.

Was Bar hier wohl alles trieb? Es sah ganz danach aus, als hätte sich der frühere Biolehrer in seiner Scheune ein kleines Hobbylabor eingerichtet. Vielleicht mischte er hier ja sogar irgendwelche Drogen zusammen, um sie zu illegal verticken? *Breaking Bad* auf nordhessisch, sozusagen. Irgendwo musste die Kohle ja nun mal herkommen.

David knipste das Licht aus und verließ die Scheune durch die Metalltür, die ihn ins Haupthaus führte. So gelangte er direkt ins Wohnzimmer. Auch hier setzte sich der verwahrloste Eindruck fort: Wände, von denen die Tapete in Fetzen herunterhing, Essensreste, die auf dem Teppich vor sich hin gammelten, und Staubknäuel so groß wie Ratten. Auf der Stoffcouch lagen mehrere aufgeplatzte Sofakissen, deren Innereien wie Metastasen aus ihnen herauswuchsen. Nur wenige Sonnenstrahlen drangen durch den öligen Film, der die Fenster bedeckte.

Dann untersuchte David den oberen Teil des Hauses. Weil die Treppe knarzte, setzte er vorsichtig einen Fuß vor den anderen.

Im zweiten Stock angekommen, peilte er den Raum an, den er auf den ersten Blick für das Arbeitszimmer hielt. Er setzte sich an den Schreibtisch, auf dem sich ein gigantischer Berg herumfliegender Papiere stapelte, und knipste die Stehlampe an.

Zunächst sagten ihm diese ganzen Zettel nicht das Geringste. Nachdem er jedoch einige von ihnen überflogen hatte, konnte er einen Teil davon als Briefe ausmachen, in denen Bar seine Frau angefleht hatte, ihn doch wenigstens seine Tochter sehen zu lassen. Den Umschlägen nach zu urteilen, hatte sie jedoch alle ungeöffnet wieder zu ihm zurückgeschickt.

Unter den Briefen stieß David auf einen Stapel Fotos. Die meisten von ihnen zeigten ein fünfstöckiges Bürogebäude, das aus verschiedenen Winkeln aufgenommen worden war, und dessen Glasfassade im Sonnenlicht glitzerte. David wendete die Bilder hin und her und überlegte angestrengt. Aus irgendeinem Grund kam ihm dieses Gebäude bekannt vor. Aber *wo* hatte er es bloß schon einmal gesehen?

Dann stöberte er weiter. Er fand ein weiteres Foto, auf dem die Schaufensterpuppe aus der Scheune zu sehen war.

Diesmal war sie jedoch nicht unbekleidet, sondern trug einen Kunststoffhelm, einen Blaumann und darunter ein Arbeitshemd. Ein Schnurrbart, der das perfekte Abbild eines Mechanikers komplettierte, klebte unter ihrer Nase.

David grub sich weiter durch den Morast an Unterlagen. Viele von ihnen konnte er allerdings immer noch nicht zuordnen. Neben biologischen Fachtexten und zahlreichen Kopien aus diversen Schulbüchern, kramte er schließlich noch einen Zettel hervor, der auf den ersten Blick wie der Grundriss eines Gebäudes aussah. Wie auf einer Schatzkarte schlängelte sich eine rote Linie von einem Fahrstuhl kommend durch einen Flur. Bis zu einem Raum, der mit einem „X“ markiert war.

Doch obwohl das alles für ihn überhaupt nicht zusammen passte, spürte David trotzdem dieses beunruhigende Gefühl im Magen. Irgendetwas an der Sache kam ihm äußerst merkwürdig vor. Zur Sicherheit machte er mit seinem Smartphone ein paar Schnappschüsse und schob anschließend alle Unterlagen zurück unter den Berg.

Da ihm in den übrigen Zimmern des Hauses weiter nichts Verdächtiges auffiel, ging er wieder nach unten und durchs Wohnzimmer zurück in die Scheune. Er wählte denselben Weg nach draußen, auf dem er auch ins Haus gelangt war. Diesmal knipste er das Licht jedoch nicht an, sondern orientierte sich stattdessen an dem Lichtstreifen, der durch den Spalt in dem angelehnten Tor hereinfiel. Vorsichtig tippelte er um den Motorblock herum und wich den Ölpfützen aus.

Plötzlich stieß sein Fuß gegen einen harten Gegenstand. Ein blecherner Klang hallte in der Scheune.

Was zum Teufel war das?

David ging in die Hocke und tastete in die Dunkelheit.

Eine Zeit lang erfühlten seine Finger das Objekt, und als er sicher war, dass es sich dabei um einen Kanister handelte, hob er ihn hoch und hielt ihn in das spärliche Licht. Mit Mühe entzifferte er die Buchstaben: *Aceton.*

Das sagte ihm etwas. War das nicht eine Art...Lösungsmittel? Wofür Hatte Bar dieses Zeug gebraucht?

Als er den Kanister wieder zurückstellte, entdeckte er noch weitere Gegenstände. Er streckte sich so weit wie möglich und bekam eine Glasflasche zu greifen. Auch sie hielt er wieder ins Licht: Von den siebenhundertfünfzig Millilitern Salpetersäure war kaum noch ein Tropfen übrig geblieben. Zu guter Letzt zog er noch einen Plastikbeutel mit der Aufschrift *Harnstoffdünger* hervor, der zu einem guten Viertel mit weißen Kügelchen befüllt war.

Hätte er in Chemie doch bloß besser aufgepasst! Was war das alles nur für Zeug, das Bar hier in seiner dunklen Scheune lagerte? Da war es wieder, dieses unheilvolle Gefühl im Magen.

David kramte sein Smartphone heraus. Bei Google gab er die Begriffe *Harnstoff*, *Salpetersäure* und *Aceton* ein, und scrollte anschließend durch die Ergebnisse.

Nachdem er die ersten Einträge überflogen hatte, wurde ihm schwindelig. Auf einmal ergab das alles einen Sinn: Die Fotos, der Grundriss, das Zeug in der Scheune…

David schnappte nach Luft.

Jetzt wurde ihm klar, was das alles zu bedeuten hatte.

11

Der Klingelton riss Borowski aus dem Schlaf. Er schnappte sich das Handy und nahm das Gespräch an. Mao war sogar noch aufgeregter als vorhin und klang abgehackt wie ein Morsecode.

»ER HAT — EINE BOMBE — GEBAUT!«, keuchte er in den Hörer.

»Jetzt halt doch erst mal die Luft an!« Doch andere zu beruhigen, war noch nie Borowskis Stärke gewesen. »Erzähl mir genau, was du herausgefunden hast.«

»Bar war nicht zu Hause. Ich bin durch die Scheune ins Haus rein.«

»Du bist was?« Borowski kontrollierte die Nummer auf dem Display.

War das wirklich die Rote Socke, die er da an der Strippe hatte? Denn das, was er gerade hörte, klang so gar nicht nach dem zögerlichen Moralapostel, als den er David bisher kennengelernt hatte.

»Er hat sich da ein Labor eingerichtet«, erzählte Mao weiter. »Alles voll mit Bechergläsern, Pipetten, Spritzflaschen und so Zeug. Außerdem fliegen im Arbeitszimmer mehrere Fotos der Firmenzentrale von WerraSalz herum.«

»Und weiter? Der Typ sitzt doch auch mit am Runden Tisch, oder nicht? Ist ja jetzt noch kein Verbrechen, ein paar Fotos aufm Tisch zu haben.«

»In der Scheune hab ich Harnstoffdünger, Salpetersäure und Aceton gefunden.«

Borowski hatte keinen Schimmer, was Mao damit andeuten wollte.

»Helfen Sie mir auf die Sprünge, Professor.«

»Ich hab's gegoogelt: Das sind die Inhaltsstoffe für Harnstoffnitrat. Ein relativ stabiler Sprengstoff, der gerne von Terroristen und Leuten aus der Antifa-Szene benutzt wird.«

»Scheiße!«, raunte Borowski.

Jetzt setzte sich auch in seinem Kopf allmählich das Puzzle zusammen.

»Sie sagen es!« David rang immer noch nach Luft. »Fahren Sie sofort zu der Firmenzentrale! Ich steige in den nächsten Zug nach Kassel.« Seine Atmung wurde schneller und schneller. »Von mir aus rufen Sie auch die Bullen! Aber tun Sie verdammt noch mal irgendwas, bevor noch jemand draufgeht!«

Bisher verlief alles nach Plan. Über die Autobahn brauchte er nur etwa eine Stunde, und je näher er seinem Ziel kam, desto stärker pochte sein Herz.

Kurz nach acht überfuhr er die Stadtgrenze. Als er hinter der Brücke in Richtung Wilhelmshöher Bahnhof abbog, strahlte ihm die Abendsonne, die sich in der Glasfassade spiegelte, entgegen. Obwohl er bereits viele Male hier gewesen war und Fotos aus jedem erdenklichen Winkel geschossen hatte, begutachtete er sein Ziel auch diesmal ganz genau, während er an ihm vorbeifuhr. Auf keinen Fall wollte er etwas übersehen.

An das Gebäude grenzte eine Grünfläche mit Bäumen und Blumenbeeten, hinter der die Straße nach links zum rückwärtigen Teil des Bahnhofs abbog. Er folgte ihr, vorbei am Platz des Gedenkens, und parkte den Van auf der rechten Seite. Schräg gegenüber des Hotels, wo ihn jedoch keine der Überwachungskameras erfasste. Er vergewisserte sich, dass niemand in der Nähe war, öffnete die Schiebetür und trat auf die Ladefläche. Dann prüfte er seine Armbanduhr: Er lag gut in der Zeit.

Nun streifte er sich das Arbeitshemd über, schlüpfte in den Blaumann, klebte sich den Bart an und stopfte seine Haare unter den Helm. Um sicher zu gehen, kontrollierte er noch einmal den selbsterstellten Ausweis der Wartungsfirma, der an seinem Overall baumelte.

Wenn alles gut ging, würde niemand Verdacht schöpfen. Das Handy hatte er auf lautlos gestellt. Kein Klingeln würde die Vollendung seines Plans ankündigen, sondern nur das aufleuchtende Display in der Dunkelheit.

Doch dann würde er schon längst außer Landes sein. Gleich morgen früh würde er von einer Telefonzelle an der Grenze die Nummer der Prepaid-Karte wählen und so das Display zum Leuchten bringen. Neun Volt würden fließen, der Glühfaden ohne Glas Funken schlagen, somit das Pulver der abgeriebenen Streichholzköpfe als Booster entzünden und das Harnstoffnitrat als Sekundärsprengstoff detonieren lassen.

Er griff nach dem Paket, befreite es von den Schutzschichten aus Papier, Bettlaken und Stoffdecken, öffnete den Schuhkarton und entnahm vorsichtig die Bombe. Bedächtig verstaute er sie in dem Werkzeugkoffer, der zu seiner Tarnung gehörte, trat anschließend nach draußen auf die Straße und schloss den Van ab.

Aber *wer* zum Teufel war denn dieser Typ?

Im Außenspiegel erkannte er einen Mann, der sich ihm zielstrebig näherte. Er drehte sich herum und sah in das aufgedunsene Gesicht eines Glatzkopfs mit Holzfällerhemd, der schnellen Schrittes auf ihn zu stolzierte. Würde dieser

Scheißkerl ihm etwa gefährlich werden?

Er drehte dem Unbekannten wieder seinen Rücken zu, stellte die Werkzeugkiste vor sich auf der Straße ab und griff nach der Schraubzwinge, die er vor seinem Bauch versteckte.

Jetzt würde er sich ganz sicher von niemandem mehr aufhalten lassen!

David musste einen Sprint hinlegen und erreichte gerade noch so den Regionalzug um kurz vor sieben. Während der Fahrt starrte er so lange auf sein Handy, bis der Akku sich ins Nirvana verabschiedete. Dabei schossen ihm zahllose Fragen durch den Kopf.

Hatte er sich vielleicht mit allem getäuscht? Möglicherweise führte Bar ja überhaupt nichts im Schilde, und hatte in seinem Labor wirklich nur Drogen gebraut, um sich seinen Lebensunterhalt zu verdienen?

Aber was, wenn er Recht hatte? Wenn die Anleitungen zur Herstellung von Harnstoffnitrat, auf die er im Internet gestoßen war, wirklich stimmten? Was hatte Bar damit vor? Wollte er etwa den ganzen Laden in die Luft sprengen? So sehr David auch Verständnis für Bars persönliches Schicksal hatte, und so sehr er auch dafür war, die drohende Trinkwasserkatastrophe mit allen Mitteln abzuwenden - ein solches Attentat würde er auf jeden Fall verhindern!

Der Zug kam kurz vor acht in Wilhelmshöhe an. David quetschte sich an den Fahrgästen vorbei, rannte zum Hinterausgang und sprintete keuchend die Berta-von-Suttner-Straße hoch. Als er den silbergrauen Van mit dem Eschweger Kennzeichen sah, bremste er abrupt ab.

Während er die Türen überprüfte, die allesamt verschlossen waren, schlich er vorsichtig um das Fahrzeug herum. Er pirschte sich so nah wie möglich heran und versuchte, durch die Scheiben etwas zu erkennen. War das da drin etwa…?

Durch den Spalt zwischen den Sitzen erkannte er Borowskis glänzenden Hinterkopf. Der Stinkstiefel lag auf der Ladefläche, an Armen und Beinen gefesselt. Wie ein Hund, der seinem eigenen Schwanz hinterherjagte, wälzte er sich hin und her.

David rüttelte und zog an den Türgriffen. Doch es tat sich nichts. Auf der Ladefläche warf sich Borowski weiter von einer Seite auf die andere.

David schloss die Augen. Konzentrier dich!, befahl er sich und atmete tief durch. Er brauchte einen festen Gegenstand. Irgendetwas, womit er die Scheiben einschlagen konnte. Sein Blick wanderte umher: zum Beispiel einen wackeligen Pflasterstein?

Bei einem, der infrage kam, versuchte er sein Glück. Doch was immer er auch tat, das Mistding bewegte sich keinen Zentimeter. Inzwischen waren Borowskis Befreiungsversuche so heftig geworden, dass es in dem Van lautstark rumpelte. Lange würde es sicher nicht mehr dauern, bis der Stinkstiefel völlig austickte.

Ratlos sah David sich ein zweites Mal um. Sein Blick viel auf das Gebäude mit dem orangefarbenen Vorbau, in dem eine Tochtergesellschaft der Bahn ihren Sitz hatte. Der Eingang war nur wenige Meter entfernt.

Der Pförtner!, dachte David. Würde der ihm weiterhelfen? Vielleicht gab es in dem Gebäude ja einen Feuerlöscher, einen Nothammer oder irgendeinen anderen massiven Gegenstand.

Er rüttelte an den Drehtüren, so fest er nur konnte. Doch sie gaben kein Stück nach. Im Foyer brannten nur noch vereinzelte Energiesparlampen. Der Empfang war unbesetzt.

Aber was war mit dem Hotel?

David fuhr herum und blickte auf die Treppenstufen, die zum Haupteingang des Pentahotels führten. Warum war er da nicht gleich drauf gekommen?

Als er gerade die Straße überqueren wollte, sah er im Augenwinkel plötzlich einen großen, rot-weißen Gegenstand: Ein demolierter Pfosten, den wohl jemand beim Einparken aus der Verankerung gerissen und auf dem Grünstreifen abgelegt hatte.

David zögerte nicht. Er hob den Pfosten mit aller Kraft hoch, wuchtete ihn auf seine Schulter und ging zurück zum Van. Dann zielte er auf das Fenster auf der Fahrerseite, setzte an und zählte.

Eins, zwei…

Als die Scheiben klirrten, zog Borowski hektisch den Kopf ein.

Dann öffnete sich plötzlich die Schiebetür, und Mao sprang auf die Ladefläche. Er pumpte wie ein Maikäfer, als er sich über Borowski beugte, und riss ihm das Gaffa vom Mund. Mit letzter Kraft wuchtete ihn die Rote Socke wie einen betäubten Pottwal auf die Seite. Genau auf die Stelle, an der ihm dieser Typ mit der Schraubzwinge einen heftigen Schlag verpasste hatte.

Es war alles viel zu schnell gegangen: Noch bevor Borowski überhaupt realisieren konnte, was da vor sich ging, hatte dieser Verrückte bereits zugeschlagen. Borowski krümmte sich vor Schmerzen, und als er endlich wieder den ersten klaren Gedanken fasste, lag er bereits gefesselt und geknebelt auf der Ladefläche. Die Rote Socke hatte Recht gehabt: Dieser Typ meinte es verdammt ernst!

»Glauben Sie mir jetzt?«, keuchte David, während er seine Hand- und Fußgelenke befreite.

»Hmh-hmh«, brummte Borowski. Er zog sein Hemd hoch und zeigte auf die Stelle oberhalb seiner Hüfte, die dunkelblau schillerte. David verzog angewidert das Gesicht.

»Sieht gar nicht gut aus.«

Borowski winkte ab. Dann zeigte er in die Richtung, in der sich das Firmengelände befand.

»Na los, Mao! Bevor uns hier noch alles um die Ohren fliegt!«

Durch die imposanten Flügeltüren gelangten sie ins Foyer. Eine beleibte Dame, die hinter einem Tresen saß und über die Drehkreuze in der Eingangshalle wachte, lugte interessiert an ihrem Bildschirm vorbei. David hastete schnurstracks auf sie zu. Der Stinkstiefel stürmte wie ein adrenalingeschwängerter Stier hinter ihm her.

»Ist hier gerade ein Typ im Blaumann durchgekommen?«

Die Empfangsdame reagierte nicht. Schlagartig schien sie wie in eine Schockstarre verfallen. David winkte eine Zeit lang vor ihrem Gesicht hin und her.

»Ähm...Ja...«, stotterte sie schließlich. »Aber ich...ich glaube, ich verstehe nicht, was —«

»Hier gibt's auch nichts zu verstehen«, polterte Borowski. Inzwischen hatte auch er sich an die Theke geschleppt. »Der Typ hat 'ne Bombe! Hier gibt's gleich einen richtig fetten Rumms, wenn Sie uns nicht durch diese verfluchten Kreuze lassen!«

»Er hat gesagt, es gäbe einen technischen Defekt. Irgendetwas mit den Telefonen?«

»Pf, und da lassen Sie ihn so einfach durch?«

»Es lag uns keine Störungsmeldung vor«, erklärte sie. »Deshalb ist mein Kollege mitgegangen.«

Der Stinkstiefel schüttelte seinen krebsrot angelaufenen Kopf.

»Wann genau ist er hier durch?«

»Vor zwanzig Minuten etwa.«

Das war mehr als genug Zeit gewesen. Womöglich hatte Bar die Bombe bereits in Seelenruhe platziert und war schon längst wieder auf der Flucht. Würde das Gebäude also jeden Augenblick über ihnen zusammenstürzen?

David beugte sich über den Tresen und sah der Empfangsdame tief in die Augen.

»Hören Sie: Wahrscheinlich hat's Ihren Kollegen schon längst erwischt«, redete er auf sie ein. »Jetzt gibt es also nur noch uns, die das Ganze verhindern können! Am besten rufen Sie sofort die Polizei und warten, bis die hier eingetroffen ist. Aber jetzt *müssen* wir hier durch!«

Die Empfangsdame starrte ihn reglos an. Ihre Augen verrieten, dass ihr Oberstübchen ordentlich ratterte.

Dann fuhr sie mit einer Hand unter den Tresen.

Nachdem sie sich durch die Drehkreuze gequetscht hatten, eilten sie sofort zu den Fahrstühlen.

»Scheiße, wohin?«, fragte Borowski.

Normalerweise hätten sie das an der Anzeige über ihren

Köpfen erkennen können. Doch dieser Bar schien ein wirkliches intelligentes Kerlchen zu sein: Für den Fall, dass ihm überraschender Weise doch jemand auf den Fersen war, hatte er den Aufzug einfach wieder nach unten fahren lassen.

Mao griff in seinen Parka und kramte sein Handy heraus.

»Hier!«, sagte er und hielt Borowski den Bildschirm vors Gesicht. »Diese Zeichnung lag auf seinem Schreibtisch.«

War das etwa…? Die Aufnahme sah ganz nach einem Grundriss aus. Aber was hatte diese rote Linie zu bedeuten? Als Borowski genauer hinsah, entdeckte er am Bildrand einen Vermerk: *Fünftes Obergeschoss*.

Was genau wollte dieser Typ denn bloß da oben? Wäre nicht eine der unteren Etagen viel geeigneter gewesen, um den Laden in die Luft zu jagen? Seit ihrem kurzen Intermezzo hegte Borowski jedoch keinen Zweifel mehr: Dieser Kerl wusste genau, was er tat.

Sie betraten den Aufzug und fuhren in die oberste Etage. Als sich die Fahrstuhltüren wieder öffneten, legte Borowski den Zeigefinger auf seine Lippen. Mao schien das Zeichen zu verstehen, und nickte. Ab jetzt galt absolute Stille.

Wie ein langer Tunnel tat sich der schummrig beleuchtete Flur vor ihnen auf. Bis auf ein fernes, kaum hörbares Rascheln war es totenstill. Da sich alle Mitarbeiter schon ins Wochenende verabschiedet hatten, wirkte die Etage wie ausgestorben.

Mao zeigte den Weg, den die rote Linie in dem Grundriss vorgab. Behutsam setzten sie einen Fuß vor den anderen. Mit jedem Schritt wurde das Rascheln, das aus einem der hinteren Räume drang, immer lauter. Am Ende des Flurs flackerte Licht unter einer der Türen, und Borowski erkannte, dass ein nervöser Schatten in dem Büro hin und her huschte.

Das musste Bar sein! Hatte er die Bombe also etwa doch noch nicht platziert? Wenn ja: Warum nicht? Gab es da etwas, das sie noch nicht wussten?

Plötzlich fiel Borowskis Blick auf eine offenstehende Tür wenige Meter vor ihnen. Er tippte Mao auf die Schulter und zeigte auf die Herrentoiletten: Dunkle Turnschuhe und der Saum einer Stoffhose ragten in den Flur. Irgendjemand lag dort reglos auf dem Boden. Vorsichtig pirschten sie sich heran und blieben an der Türschwelle stehen, um nicht den Bewegungsmelder auszulösen.

Vor ihnen lag ein junger, kräftig gebauter Mann, der die gleiche Dienstkleidung trug wie die Empfangsdame im Foyer. Das musste der Kollege sein, von dem die Frau gesprochen hatte. Offensichtlich hatte dieser Verrückte auch ihm eins mit der Schraubzwinge übergezogen: Aus einer klaffenden Wunde am Kopf tropfte Blut über sein jugendliches Gesicht und sickerte in den Teppichboden, der sich dunkelrot färbte.

Mao bückte sich zu dem Mann herunter und fühlte seinen Puls. Nach ein paar bangen Sekunden nickte er: Er war noch am Leben. Davids Augen strahlten vor Erleichterung.

Dann tastete er den Bewusstlosen von Kopf bis Fuß ab. Nach einer Weile fischte er aus einer der Hosentaschen ein rotes Band, an dem ein Transponder baumelte. Er grinste und präsentierte ihn wie eine Trophäe. Mit ein bisschen Glück handelte es sich um einen Generalschlüssel, mit dem sie sich zu jedem Raum Zugang würden verschaffen können.

Dann gab Borowski ein Zeichen zum Weitergehen. Er deutete auf das Zimmer am Ende des Flurs, in dem der Schatten noch immer hin und her flitzte. Was auch immer dieser Wahnsinnige da trieb: Ihnen blieb nicht mehr viel

Zeit.

Während sie sich dem Raum näherten, warf David einen flüchtigen Blick auf die Türen der Büros. Die Namen sagten ihm nichts. Bis ihm plötzlich zwei Schilder ins Auge stachen: *Howard Casey* und *Dr. Manfred Peters*.

Jetzt wurde ihm mit einem Mal alles klar! War es das, was Bar vorgehabt hatte? War er hier hochgefahren, um die Bombe in Bäumlers Büro zu platzieren? In dem Raum des Vorstandsvorsitzenden, von dem sie jetzt nur noch wenige Schritte entfernt waren?

Vor der Tür blieben sie stehen. Davids Herz hämmerte bis unters Kinn. Was sie wohl hinter dieser Tür erwartete? Wie würde Bar reagieren, wenn er sie hereinkommen sah?

Dann nickten sie einander zu. Ab jetzt gab es kein Zurück mehr!

Borowski tastete vorsichtig nach der Tür. In Zeitlupe versuchte er, den Knauf herumzudrehen. Doch sie war verschlossen. Bar hatte offensichtlich an alles gedacht. Auch daran, die Tür vor potentiellen Verfolgern zu verschließen.

Aber was du nicht bedacht hast, ist der Transponder!, dachte David. Er hielt ihn vor das Schloss und betätigte den Knopf, sodass ein leises Piepen ertönte.

Das Rascheln im Inneren des Raums verstummte sofort. Ohne Frage, Bar musste sie gehört haben. Spätestens jetzt wusste also auch er, was in wenigen Sekunden passieren würde.

Dann, nachdem sie sich ein weiteres Mal zugenickt hatten, stieß Borowski mit der Schulter die Tür auf.

Bar lauerte hinter einem riesigen Hochglanzschreibtisch

und bastelte an einer Kunststoffdose herum. Auf ihr klebte ein Handy, aus dem zwei Kabel herauslugten, die durch ein Loch im Deckel ins Innere der Dose führten.

Das sollte also die Bombe sein? Damit plante dieser Verrückte, hier alles in Schutt und Asche zu legen? Kaum vorstellbar, dass dieses Ding überhaupt mehr als nur ein laues Lüftchen produzieren würde. Dennoch war sich David sicher: Ihr Gegenspieler hatte alles minutiös geplant. Diese Bombe würde verheerende Auswirkungen haben.

Während sie sich nun dem Schreibtisch näherten, fixierte Bar sie mit seinem sinistren Blick. Dann richtete er sich auf, faltete seine Hände und dehnte sie, sodass sie laut knackten. Als ob ihn jetzt und hier nichts mehr aus der Bahn werfen könne, stolzierte er um den Schreibtisch herum und baute sich vor ihnen auf. Unter dem Arbeitshemd sprangen seine Brustmuskeln auf und ab wie Funkenmariechen.

»Die Damen bitten zum Tanz?«, fragte er.

»Aber bitte nicht zu ruppig sein«, antwortete Borowski.

Dann schossen die beiden Männer wie zwei Raubkatzen aufeinander los. Als ehemaliger Sportlehrer war Bar jedoch immer noch gut in Form. Obwohl Borowski sich nach Kräften wehrte, spießten ihn die Pranken seines Gegners auf wie Fleischerhaken. Bar schleuderte den Stinkstiefel hin und her, verpasste ihm einen Tiefschlag nach dem anderen, und pfefferte ihn schließlich kopfüber in das Regal. Borowski vergrub seinen Kopf unter den Armen, während die Bücher auf ihn herab prasselten.

Dann schoss Bar mit einer schnellen Drehung des Oberkörpers herum und machte einen Satz in Davids Richtung. Seine Faust kam hart wie ein Vorschlaghammer. Wie ein Fahrstuhl, dem die Seile rissen, stürzte David zu Boden.

Wie lange er wohl weg gewesen war?

Borowskis Körper fühlte sie an wie ein einziger Schmerz. Jedes einzelne der Bücher, unter denen er begraben lag, wog schwer wie ein Amboss. Mühsam kämpfte er sich unter ihnen hervor und schob eines nach dem anderen beiseite, während bruchstückhaft seine Erinnerung zurückkehrte.

Bar…Das Büro…*Die Bombe*!

Immer noch benebelt, sah er sich in dem Raum um. Mao kauerte neben dem Teppich und rührte sich nicht. Dieser Verrückte mit der verflucht harten Schlaghand hatte also auch ihn niedergestreckt. Wie es aussah, war die Rote Socke schneller zerbröselt als eine Pusteblume.

Doch dann erwachten Maos Geister nach und nach wieder zum Leben. Mehrmals wälzte er sich auf dem Boden herum und fasste sich prüfend an den Kopf.

Bar hingegen hatte sich inzwischen wieder seiner Bombe gewidmet. Auch wenn Borowski nicht die leiseste Ahnung hatte, was genau dieser Typ da eigentlich gerade trieb, sagte ihm sein Gefühl, dass er nicht mehr lange brauchen würde.

Dann hörte er plötzlich einen lauten Schrei. Erschrocken drehte er sich zu David herum: Mit nur einem Satz sprang Mao auf die Beine, stürzte wie ein wild gewordener Berserker auf den Bombenleger zu und feuerte eine Salve unkoordinierter Schläge ab. War der denn jetzt völlig wahnsinnig geworden?

Bar überwand den ersten Schock und gewann nach und nach die Oberhand. Davids ziellose Schläge perlten an ihm ab wie Wasser an einer Regenjacke. Jeden Augenblick würde er Mao abschütteln wie eine lästige Fliege. Ohne Wenn und Aber: Borowski musste *jetzt* dazwischengehen!

Indem er die quälenden Schmerzen unterdrückte und alle

noch verbliebenen Kräfte zusammennahm, wuchtete er seinen Körper unter dem restlichen Bücherberg hervor. Weil Bar immer noch abgelenkt war, stolperte Borowski zu dem Werkzeugkoffer, der vor dem Schreibtisch stand, und aus dem die Schraubzwinge wie eine Blume aus der Erde herauswuchs. Mit beiden Händen umklammerte er sie, suchte einen festen Stand auf dem Boden und holte so weit wie möglich aus.

Die Schraubzwinge wirbelte wie eine Streitaxt durch die Luft. Nur um Haaresbreite rauschte sie an Maos Kopf vorbei.

Dann schlug sie mitten in Bars Gesicht ein. Mit einem Krachen zerbarsten seine Knochen, und laute Schmerzensschreie donnerten durch den Raum.

Schwer getroffen ließ er von David ab. Wie ein Boxer, der in den Seilen hing, taumelte Bar in dem Büro hin und her.

Dann sank er endlich zu Boden. Da ihm jeden Augenblick die Lichter auszugehen schienen, zählte Borowski ihn in Gedanken an.

Eins, Zwei...

So schnell kommt *der* nicht wieder hoch, dachte er.

EPILOG

Wieder hatte sich die komplette Mannschaft im Konferenzraum versammelt.

Diesmal war die Stimmung jedoch eine gänzlich andere: Während Borowski und David dem überschwänglichen Lob des Ressortleiters lauschten, nickten ihnen die anderen Redakteure anerkennend zu: Mit ihrem Enthüllungsartikel über die Trinkwassergefährdung hatten sie die größte Story in der Geschichte der HNA gelandet. Durch den Bericht war alles wie von selbst ins Rollen gekommen.

Jürgen Bar, der von seinen Verletzungen schwer gezeichnet war, saß in Untersuchungshaft. Unter Tränen hatte er nicht nur die Entführung von Thomas' Tochter Raquel, sondern auch den Totschlag von Olja Kozlova gestanden. Seine Aussage hatten viele Bürger der Stadt mit Spannung verfolgt: In der Tatnacht hatte Olja mit ihm reden wollen. Im Hotelzimmer gestand sie ihm schließlich, dass sie Mitleid für Rosenberg empfand und aussteigen wollte. Auch mit der doppelten Bezahlung, die Bar ihr anbot, gelang es ihm nicht, sie umzustimmen. Während er daraufhin auf sie einredete, wurde sie plötzlich fuchsteufelswild und schlug wild um sich. Dann brannten ihm die Sicherungen durch. Obwohl er sie laut eigener Aussage zunächst nur beruhigen wollte, setzte Olja sich immer massiver zur Wehr. Bar, den die Situation nun gänzlich überforderte, griff kurzerhand nach dem massiven Aschenbecher aus Glas, der auf dem Nachttisch stand, und schlug damit auf sie ein. Die Tatwaffe versenkte er noch in derselben Nacht in der Werra, während er nach Hause fuhr.

Die Inhaltsstoffe der Bombe hatte er hingegen in seiner früheren Schule entwendet. Bereits vor Monaten hatte er sich dort eingeschlichen und alles, was er brauchte, mitgehen lassen. Da es sich um verhältnismäßig geringe Mengen handelte, war das bisher niemandem aufgefallen.

Sprengstoffexperten hatten inzwischen ermittelt, dass seine Bombe die Zerstörungskraft einer Handgranate entfaltet hätte. Die darin enthaltenen Rasierklingen wären wie Metallkugeln eines Schrapnells durch den Raum geschossen und hätten das Büro vollständig zerstört. Wären Personen bei der Detonation anwesend gewesen, hätte sie ihnen mit sehr hoher Wahrscheinlichkeit das Leben gekostet.

Außerdem waren mittlerweile sowohl gegen den Regierungspräsidenten, als auch gegen die Hessische Umweltministerin, die beim Vertuschen des HLUG-Berichts fleißig ihre Hände mit im Spiel gehabt hatte, bereits Amtsenthebungsverfahren eingeleitet worden. Da der Bericht eine hitzige Debatte um die Entsorgungspraktiken von WerraSalz entfacht hatte, wurden in der Öffentlichkeit nun immer vehementere Rufe nach einem sofortigen Stopp der Verpressung von Kalilauge laut.

Nachdem Naumann seine seltene Laudatio beendet hatte, stand er unverhofft auf und drehte sich zu Borowski und David herum.

»Liebe Kollegen! Meiner Bewunderung über die Leistung von Klaus und David habe ich nur noch eine Sache hinzuzufügen...« Er zückte ein Blatt Papier, das auf den ersten Blick wie ein förmlicher Antrag aussah, und reckte es wie einen Pokal über seinen Kopf. »Ich habe mir erlaubt, euren Artikel für den *Wächterpreis* vorzuschlagen!«

Jetzt wanderte ein Raunen um den Tisch: Hatte Naumann das gerade wirklich gesagt? Hatte der Ressortleiter sie tatsächlich für den Wächterpreis der deutschen Tagespresse vorgeschlagen? Einen der wichtigsten Auszeichnungen für investigativen Journalismus?

Die Redakteure sahen sich ungläubig an. Dann fingen sie einer nach dem anderen an zu klatschen, bis der kleine Raum vor stehenden Ovationen vibrierte.

Borowski konnte so viel auf einmal gar nicht verdauen. Reglos starrte er an die Wand und verzog keine Miene. Nicht mal ein Kuli wanderte durch seine Finger. David, der neben ihm saß, legte seinem Mentor eine Hand auf die Schulter.

»Sieht ganz so aus, als hätten wir jetzt noch länger etwas voneinander«, sagte er.

DANKSAGUNG

Zunächst möchte ich mich sowohl bei meiner Familie, als auch bei allen Freunden bedanken, die mich stets in meinem schreiberischen Tun unterstützen. Hierbei jemanden namentlich herauszugreifen, würde für mich eine Ungleichbehandlung darstellen, da sie alle in dem einen oder anderen Maße an der Entstehung dieses Romans beteiligt sind. Euch allen ein herzliches Dankeschön!

Des Weiteren gilt mein spezieller Dank jenen Personen, die mir während meiner Recherchen unter die Arme gegriffen haben: Frank Hix (Bürgermeister Bad Sooden-Allendorf), der so freundlich war, sich von mir ausführlich durchlöchern zu lassen; Dr. habil. Ralf Krupp, ohne den die hydrogeologischen Begriffe und Vorgänge wohl in der Tat nur böhmische Dörfer für mich geblieben wären; Prof. Dr. David Di Fuccia (Universität Kassel), mit dem ich in Gedanken stundenlang an der Konstruktion jener Bombe gefeilt habe, wie sie im Roman erwähnt wird; Frank Thonicke, Wolfgang Riek und José Pinto (beide HNA), die mir einen Einblick in ihren journalistischen Arbeitsalltag gewährten; und zuletzt zwei Beamte des Regierungspräsidiums Kassel, die nicht namentlich genannt werden möchten, mir aber Frage und Antwort gestanden haben.

Druck: Canon Deutschland Business Services GmbH
Ferdinand - Jühlke - Str. 7· 99095 Erfurt